中国当代诗歌简史
（1968—2003）

张桃洲　著

中国青年出版社

目 录

给一部作品、一本书、一个句子、一种思想带来生命；它把火点燃，观察青草的生长，聆听风的声音，在微风中接住海面的泡沫，再把它揉碎。它增加存在的符号，而不是去评判；召唤这些存在的符号，把它们从沉睡中唤醒。

——［法］米歇尔·福柯

"时间开始了！"

　　1949年中华人民共和国成立，一个新的时代即将展开。诗人胡风（1902—1985，原名张光人）以惊人的迅捷回应了新时代的到来。他在随后不久创作的长诗《时间开始了！》中表达了对新时代的呼唤和礼赞："时间／奔腾在肃穆的呼吸里面"，"祖国，我的祖国／今天／在你新生的这神圣的时间／全地球都在向你敬礼／全宇宙都在向你祝贺"。这部长诗第一章《欢乐颂》发表在《人民日报》上，"惊住了一切人"，备受关注。胡风在给妻子梅志的信中写道："这是我生平第一次最激情的作品，差不多是用整个生命烧着写它的。还要写下去，这几天就成天在感情底纠结里面。好幸福又好难受呵。"[1]

（1）　晓风选编《胡风家书》，第130页，复旦大学出版社2007年版。

但他并没有料到，这部他倾注了巨大心力、格外看重的长篇诗作很快受到批判。

《时间开始了！》引领了中国当代政治抒情诗的风潮。受制于当时此起彼伏的政治运动，政治抒情诗对政治的书写体现出明显的直接性，在追求"诗人的'自我'跟阶级、跟人民的'大我'相结合。'诗学'和'政治学'的统一，诗人和战士的统一"[1]方面，与1920年代革命诗歌之后各种政治诗创作（如中国诗歌会的作品）有一脉相承的地方；这种直接性，还包括对象征、比喻等手法的模式化运用。其中的代表性作品如郭小川（1919—1976，原名郭恩大）的《致青年公民》组诗、贺敬之（1924—　）的《放声歌唱》等，无不强调观念的重要性，在字里行间空前高涨的政治热情与渐趋单一的抒情方式奇妙地糅合在一起。

政治抒情诗在1950年代后的相当长时间里，成为令人瞩目的诗歌景观。不过，在这股强劲的诗潮中，也存在着某些可予辨察的异质现象。拿这一时期受关注度极高、也备受争议的郭小川来说，他的作品中既有

---

[1]　贺敬之：《〈郭小川诗选〉英文本序》，《郭小川诗选续集·代序》，河北人民出版社1980年版。

像《致青年公民》之类极具政治意识的诗作，又有《团泊洼的秋天》这样"矛盾重重的诗篇"；他的诗富于思辨色彩，表现出评价现实生活的习性，这多少显得不合时宜。在《望星空》中，某种属于个体内在的犹豫与困惑，借助于与一个超越现时物象进行对话的方式袒露出来："在那遥远的高处，／在那不可思议的地方，／你观尽人间美景，／饱看世界沧桑。／时间对于你，／跟空间一样——／无穷无尽，浩浩荡荡"；而《一个和八个》《白雪的赞歌》等诗作，"在50年代关于革命将建立在怎样的'新世界'的争辩中，提出了一种肯定人道主义和个体精神价值的社会想象。这种想象的动人之处，以及它的脆弱、矛盾的'乌托邦'性质，在诗中都得到展示"[1]。这些显得"非正统"的创作，与当时同样"偏离"正常诗歌"秩序"的《雾中汉水》《川江号子》（蔡其矫）等作品一道，将会丰富人们对于那一时期诗歌面貌的认识。

1950—1960年代政治抒情诗的部分特点，在1980年代初期的青年诗人叶文福（1944—　）、雷抒雁（1942—

---

[1]　洪子诚、刘登翰：《中国当代新诗史》（修订版），第97—98页，北京大学出版社2005年版。

2013)、熊召政（1953—　）、张学梦（1940—　）、骆
耕野（1951—　）等的新的政治抒情诗中得到了接续。
其实，在1980年代初，不唯这些青年政治抒情诗显示
出对政治的巨大热情，那些经过了特殊历史命名的"归
来的诗"和"朦胧诗"也不例外，毋宁说政治关怀（对
历史、现实的批判与反思，对未来的期冀）正是当时诗
歌的主要动力。富有意味的是，此际引起强烈反响的一
些青年政治抒情诗（叶文福的《将军，不能这样做》、雷
抒雁的《小草在歌唱》、熊召政的《请举起森林般的手，
制止！》、曲有源的《关于入党动机》等），却因涉及
"敏感"题材而遭到批评。这似乎体现了诗歌与政治相
纠结的悖论。

　　1949年以后，中国新诗的主体在大陆得以延续，
而有一脉则迁到了海峡另一侧——台湾岛上，两岸诗
歌形成彼此隔绝、各自发展的格局。1950—1960年代
的台湾诗界，由于众多大陆诗人（他们免不了将以往的
诗学理念和写作习性带到岛内）的涌入，其发展路向自
然要受到整个新诗传统的影响，况且两岸诗歌原本就
有交流和联系的根基。1940年代末迁台的诗人有纪弦
（1913—2013，原名路逾）、覃子豪（1912—1963）、

钟鼎文（1914—2012，原名钟庆衍）、羊令野（1923—1994）、张秀亚（1919—2001）等，他们身体力行地直接为台湾新诗输入了很多新的经验。其中，以"路易士"为笔名，在1930年代参与组织"菜花诗社"并出版《菜花诗刊》、随后同"现代派"重要诗人戴望舒等合资创办《新诗》月刊、1940年代又发起成立"诗领土"社并出版《诗领土》月刊的纪弦，于1950年代迁台后则以《现代诗》（及"现代诗社"）的创办，在岛内掀起了一场轰轰烈烈的"现代派"诗歌运动。前后办刊的宗旨和主张具有明显的承续性，如其《六大信条》[1]直截了当地提出：

1，我们是有所扬弃并发扬光大地包含了自波特莱尔以降一切新兴诗派之精神与要素的现代派诗之一群。

2，我们认为新诗乃是横的移植，而非纵的继承。这是一个总的看法。一个基本的出发点，无论是理论的建立或创作的实践。

3，诗的新大陆的探险，诗的处女地之开拓，新

（1）　见《现代诗》1956年6月第13期"封面"。

的内容之表现，新的形式之创造，新的工具之发现，新的手法之发明。

　　4，知性之强调。

　　5，追求诗的纯粹性。

　　6，……

而他本人在诗歌创作的语言、主题、风格等方面，与此前也有着相当的一致性。

　　在很大程度上，1950—1960年代的台湾新诗相较于同期的大陆新诗而言，保留更多中国新诗成熟时期的因子。与纪弦领导的"现代诗社"同时，有覃子豪等创办的"蓝星诗社"和洛夫（1928— ，原名莫运端）、痖弦（1932— ，原名王庆麟）、张默（1930— ，原名张德中）等发起成立的"创世纪诗社"（二者均出版了专门的诗刊），它们并称台湾现代主义诗歌的"三驾马车"。有别于"现代诗社"的激进，"蓝星诗社"对现代主义的接受与倡导要温和圆融得多，覃子豪对纪弦的"横的移植"的说法给予了批评，他质询道："若全部为'横的移植'，自己将植根于何处？"并认为"中国新诗应该不是西洋诗的尾巴，更不是西洋诗的空洞的渺茫的回声"。[1]而在这两家的诗学争执之外,"创世纪诗社"的同仁们另辟蹊径,独独青睐"超现实主义",提出"世界性"、"超现实性"、"独创性"和"纯粹性"的主张,重视语言的声音和色彩、"直觉"与"暗示"的功能。台湾现代主义诗歌以多样的诗艺探索,与此际大陆新诗遵循"古典+民歌"模式、渐趋单一的路向形成了鲜明对照。

　　1960年代末期之后,台湾新诗界掀起了一股强劲的反思"现代派"诗歌的潮流,导致后者逐渐显现出调整和消退的趋势;与此同时,一种以回归民族文化为宗旨、面向本土现实的乡土诗开始迅速地崛起,逐渐成为1970年代台湾新诗界令人瞩目的现象。正如有人总结说:"就七十年代现代诗风潮的定位而言,相对于六十年代以高标的超现实主义为首的西化诗潮,七十年代的新世代诗人采取的毋宁是以民族传统为纵经,本土社会为横纬,从而确定坐标的现实主义。"(向阳《七十年代现代诗风潮试论》)其中产生影响的乡土诗社团有"笠诗社"、龙族诗社、大地诗社、草根诗社、诗潮诗社等。

---

[1]　覃子豪:《新诗向何处去?》,《蓝星诗选·狮子星座号》,台北1957年8月。

当然，在充满激情的政治抒情诗"放歌"诗坛之际，并不是所有的诗人都加入到了那场大合唱中。例如，在1930年代即已成名的诗人朱英诞（1913—1983，原名朱仁健），此时便处于一种近乎"隐者"的状态。他早年曾在北京大学文学院任教，接续其诗学上的"导师"废名讲授新诗，两人的讲稿后来经整理后合辑出版。[1] 1950年代后他先后在北京贝满女中、三十九中学等校教书，1963年因病退休；他后半生大部分时间，是蛰居在北京祖家街一处不起眼的院落里，平日里种花、养草、唱京剧，与邻居聊天、下棋，代人读报、写字，"泯然众人矣"[2]。鲜为人知的是，他一直没有中辍其诗歌创作，而是自觉地进入了一种"潜在写作"，成诗数以千计。他自陈"逃人如逃寇"、"畏名利如猛虎"，于是"退却到高高的小屋里来"（《写于高楼上的诗》）；他还自问："世事如流水逝去，我一直在后园里掘一口井，我是否要掘下去呢？"[3] 最终他是默默地"掘

---

(1)　废名、朱英诞著，陈均编订《新诗讲稿》，北京大学出版社2008年版。

(2)　参阅王晓渔《谁能够筑墙垣，围得住杜鹃—隐者朱英诞》，《读书》2015年第1期。

(3)　朱英诞：《梅花依旧——朱英诞自传》，见《新诗讲稿》"附录"，第409页，北京大学出版社2008年版。

下去"了，其情景如他在《声音树》中所描述的：

> 古城的风吹着窗前的树，
>
> 花生和柿子丰收的冬天，
>
> 风啊栖止在古屋的灯光上，
>
> 栖止在深夜里的炉火旁边。
>
> ……
>
> 那么，你就吹吧，风啊，
>
> 发出金属声响的风，
>
> 如夜之浑融的风，
>
> 夜正深沉，我愈觉宁静。

虽然这首诗也被视为"颂诗"，虽然朱英诞本人难免受当时风气的影响，但那些诗篇无疑是时代嚣攘中一股清澈的暗流。事实上，在豪迈的"颂歌"和粗犷的"战歌"的缝隙，偶尔也游弋着一缕缕清新之风：

> 火车在雨下飞奔，
>
> 车窗上都是水珠，
>
> 模糊了窗外景色。

火车车窗是最好的画框，

如果里面是春雨江南，

那就是世界上最好的画。

清明之后，谷雨之前，

江南田野上的油菜花，

一直伸展到天边。

只有小桥、河流切断它，

只有麦田和紫云英变换它，

油菜花伸展到下一站，下一站。

透过最好的画框，

江南旋转着身子，

让我们从后影看到前身。

——徐迟《江南（一）》

面对汹涌的时代潮流，还有一位诗人却"不合时宜"地表示了犹疑与惶惑：

从什么地方吹来的奇异的风，

吹得我的船帆不停地颤动：

我的心就是这样被鼓动着，

它感到甜蜜，又有一些惊恐。

轻一点吹呵，让我在我的河流里

勇敢的航行，借着你的帮助，

不要猛烈得把我的桅杆吹断，

吹得我在波涛中迷失了道路。

——何其芳《回答》（1952—1954年）

在1950年代后期的"新民歌"浪潮里，这位诗人——何其芳（1912—1977）显得格外"另类"而固执，他坚持认为"民歌体"的体裁有限，句法与现代口语不符，"写起来容易感到别扭，不自然，对于表现今天的复杂的社会生活不能不有所束缚"，"一个职业的创作家绝不可能主要依靠它们来反映我们这个时代，我们必须在它们之外建立一种更和现代口语的规律相适应，因而表现能力更强得多的现代格律诗"。[1]他对其所倡行的"现代格律诗"进行了充分地理论探讨，先后发表《关于现代格律诗》《关于新诗的"百花齐放"问题》《关于诗歌形式问题的争论》《再谈诗歌形式问题》等长篇

---

(1)　何其芳：《关于现代格律诗》，载《中国青年》1954年第10期。

论文，在肯定自由诗"非常富于创造性"的前提下，表述了建立"现代格律诗"的必要性；并强调了其基本要素——"顿"与"押韵"，"现代格律诗在格律上只有这样一点要求：按照现代的口语写得每行的顿数有规律，每顿所占时间大致相等，而且有规律地押韵"。在他看来，中国古典诗歌、民歌以及其他民间形式，均应成为建立"现代格律诗"的可能的来源，但又不拘泥于哪一种；"批判地吸取我国过去的格律诗和外国可以借鉴的格律诗的合理因素，包括民歌的合理因素在内，按照我们的现代口语的特点来创造性地建立新的格律诗，体裁和样式将是无比地丰富，无比地多样化的"[1]。可惜这些不乏洞见的主张，被湮没在了历史的风尘中。

（1） 何其芳：《关于现代格律诗》，载《中国青年》1954年第10期。

1

"地下"的"火种"

在那个洋溢着热烈意绪的理想主义时代，从不曾缺乏诗歌的哗声，从1950年代的政治抒情诗到全民参与的"新民歌"运动，直至"文革"初期成千上万的红卫兵宣言式诗传单，当代中国诗歌的高昂格调和宣泄语式，一直与那个时代的整体氛围相得益彰。只是，当这种显形的吟唱逐渐偃息而归于沉寂时，几乎与此同时甚至更早，夹缝间隐隐翕动着另一类生命的吹息。当时大概谁也没有料到，这些零星的游丝一般的吹息，日后会蔓延成一场声势浩大的诗学革新——"朦胧诗"运动。

这其间的诗歌渊源和承传路径是层次分明的。有两个相当关键的人物：食指和赵一凡，假如没有他们，这一段诗歌历史或许会是另外一种情形。食指（1948—　，原名郭路生）被视为"文革"诗歌第一人，他的名篇《相信未来》《这是四点零八分的北京》等曾以手抄本的形式广为流传。事实上他是一位承上启下的过渡性人物，或者说他的意义在于，作为一座诗歌分水岭；他将一种自发的民间（"地下"）诗歌活动引向一条自觉之路，给那种狭隘的个人的诗歌写作导入了关注现实的鲜明主题和执守信念的稳健精神（尽管仍带有浓厚的理想主义色彩）。在食指之前，有一些依附于地下沙龙和小团体（均由一些高干子弟组成）的个人写作活动，涌现了张郎郎、牟敦白等一批作家和诗人，这批先驱们略带病态的贵族气息在食指身上荡然无存。食指以平民身份出没于这些地下沙龙间（他因此结识了何其芳、贺敬之等人，后者深深地影响了他的诗风），成为"唯一带着作品从60年代进入70年代的诗人"；而在食指之后，同样从一些地下沙龙脱颖而出了一批诗人，其中芒克、多多、根子等又成为"白洋淀诗歌群落"的主力，影响了林莽、方含乃至北岛、江河等人的写作。这一整条基本上未间断的线索，构成了1970年代末围绕《今天》而"崛起"的"朦胧诗"人的诗学背景。而赵一凡（1935—1988）的历史功用在于，他以惊人的毅力，将这一背景完整地保存了下来，他被称为"收藏了一个时代的人"。

食指的重要性，用1970年代末发起新诗潮（"朦胧诗"）运动的诗人们的话说，他是这场诗学革命的"真正的先驱"，例如多多就曾说过"郭路生是我们一个小小的传统"。他的《这是四点零八分的北京》等曾经在知青中广为传诵，不过它们是以"手抄本"的方式流传的（这种回归"原始"的流传方式，既暗示了食指诗歌所遭受的特殊命运，又为其历史价值提供了某种证明）。一定程度上可以说，正由于食指在1960—1970年代的写作，当代中国诗歌才在普遍的凋敝下保全了一簇得以燎原的星星火种。随着对食指及其同时代诗人"地下诗歌写作"的发掘，随着对"白洋淀诗歌群落"、"朦胧诗"与食指诗学承传关系的梳理和确认，一幅新的诗歌图景才逐渐呈示在读者面前。

食指诗歌的清新风格和它们所传达的质朴情感，在那个时代是十分稀少的。它们的独特之处在于诗歌体验的个人性，即以一种个人化的方式感应着历史的巨大变动，以一己的悲欢映衬了时代的庞然身影。以他写于1968年的《这是四点零八分的北京》为例，尽管诗作表达的是一代人面临时代变动所感受的心灵阵痛，却有意回避了流行于那个时代的宏阔场景，和与之相应的高大而空疏的概念化语词，而选取了一个相当日常化的场面：车站里熙熙攘攘的告别。这一场面在那个时代的普遍性，形成了这首诗之所以引起共鸣的重要基础。对于被卷入那场浩大的社会运动的多数青年而言，这种经历无疑是别具意味的，它几乎象征着他们人生的一次重大抉择；他们不仅因为面临与亲人生死离别的现实而产生悲怆，而且由于这场突如其来的变故，而隐约地滋生青春的凄迷、前途的惘然和对美好生活的留恋等复杂的意绪。因此，在这首诗平淡的字句底下，包孕着丰富而微妙的人生体验和社会内涵。这首诗从第一节铺叙告别的情景写起，到末节依依不舍的倾诉为止，构成了对一次离别经验的完整描述，其叙写的重心是置身于外部喧响中的内心感受。值得一提的是，它在处理具体的场面及其勾起的复杂思绪时，能够将可感的细节刻画与细微的心理波动交融起来。如"北京车站高大的建筑／突然一阵剧烈地抖动"二句，显然既是实际景象的观察，又是心理受到震动的表现；而"我的心骤然一阵疼痛，一定是／妈妈缀扣子的针线穿透了心胸"，则将强烈的即时体验与想象性记忆联系起来，从而维护了个人感受的真切性。这些细节一方面包括"一片手的海浪翻动"等外部印象，另一方面更有对"妈妈缀扣子"的追忆；作者后来回顾说，"我就是抓住了这几个细节，在到山西不几天之后，写成了《这是四点零八分的北京》"[1]。这种独特的片断式连缀方法，显然有别于同时代的诗歌。

食指的诗从外形来说，其显要特征是语句单纯、匀称，并特别注重音韵在传达情感方面的调谐作用。他特别注重句式的整齐，诗歌多用"ong"韵和"ing"韵，具有鲜明的节奏感和充分的感染力，适于传达情真意切的内心感受。这一特点贯穿食指诗歌的始终，他同时期及后来所作的诗歌如《相信未来》《命运》等，都保持着这样的风格。因而毋庸讳言的是，从这一点也可以看出食指的诗歌写作，仍然无可避免地接受了当时诗歌风尚（何其芳、郭小川）的影响，后者在诗歌句式上的均齐、语调上的铿锵，不同程度地在他的一些诗篇里打上了烙印。当然，这些都难以掩盖食指诗歌的独立性，它们以天然的个人抒写保持了诗歌所应有的真实。食指诗歌外形上的特点及其意义，正如有论者评价说，"郭路生表现了一种罕见的忠直——对诗歌的忠直。……即使生活本身是混乱的、分裂的，诗歌也要创造出和谐的形式，将那些原来是刺耳的、凶猛的东西制服；即使生活本身

（1）　食指：《〈四点零八分的北京〉和〈鱼儿三部曲〉写作点滴》，《诗探索》1994年第2辑。

是扭曲的、晦涩的，诗歌也要提供坚固优美的秩序，使人们苦闷压抑的精神得到支撑和依托；即使生活本身是丑恶的、痛苦的，诗歌最终将是美的，给人以美感和向上的力量"[1]。这也正是食指诗歌的独特魅力和价值所在。

如果说食指延续了1960—1970年代中国诗歌的星星火种，那么受他直接推动而铺展开来的1970年代"地下"诗歌写作，则充分汲取了前者的纯朴品质和自发精神，进而以其充满"前现代感"的诗艺探险，促动了"朦胧诗"这场新诗革新运动的酝酿与发生其间的诗学更替脉络是清晰的，尽管实际历史情形比纸上描述要复杂得多。这些"地下"诗歌写作群体影响较大的有"白洋淀诗歌群落"、贵州诗人群（黄翔、哑默等）、上海诗人群（陈建华、钱玉林、张烨等）。"白洋淀诗歌群落"是1970年代一批被下放到白洋淀（在河北境内）插队的知青诗人的集合命名，这批诗人包括多多、芒克、根子、林莽、宋海泉、赵哲等。这个群体可谓各种因缘际会、多重因素混合催生而成的，比如根子（1951—　，原名岳重）本为中央乐团的男低音独唱，

（1）　崔卫平：《郭路生》，《积极生活》，第52页，中国人民大学出版社2003年版。

因受浓郁的诗歌氛围影响而写诗。根子在当时的白洋淀诗歌群体和后来的有关叙述中得到的评价很高，多多就曾经把根子写诗的情状描述为"叼着腐肉在天空炫耀"。根子写诗的时间很短，不到两年，堪称惊鸿一瞥，但据说完成了八首高质量的诗作，可惜留存下来的仅有《三月与末日》《白洋淀》《致生活》等。《三月与末日》可谓惊世骇俗，以一种"狰狞"的笔法以及"反抒情"的方式，抒写了面对人世的荒凉之感。

以"叛逆"的姿态反对当时的主流诗歌，确实是"地下诗歌"主题与美学的双重特征。"地下诗歌"既然是那些"被剥夺了正常写作权力"的诗人秘密写成的，这一状态本身隐含着压抑与反压抑的格局。那些诗人被看作社会的叛逆者或"出轨"者，他们发出的常常是"大合唱"中尖利的异端声音：

　　我的年代扑倒我

　　斜乜着眼睛

　　把脚踏在我的鼻梁架上

　　撕着

　　咬着

　　啃着

直啃到仅仅剩下我的骨头

即使我只仅仅剩下一根骨头

我也要哽住我的可憎年代的咽喉

——黄翔《野兽》（1968年）

很多"地下诗歌"都表现出令人战栗的"被围困感"和受难感，个人与时代之间的紧张关系非常强烈。诗人们以"语不惊人死不休"的架势，直接或曲折地表达对主流认知的怀疑、诅咒、憎恶、愤怒、拒绝和抗争。

一般认为，"白洋淀诗歌群落"是"地下"诗歌较为完整的一支，其中的重要诗人多多、芒克等与后来"朦胧诗"的关系十分密切。多多（1951—　　，原名栗世征）常常被认为是那个时代"地下诗歌"的最重要书写者之一。他1972年开始写诗，先后著有《行礼：诗38首》（1988年）、《里程：多多诗选1973—1988》（油印）、《阿姆斯特丹的河流》（2000年）等诗集。多多的高傲性格和传奇式经历，与他本人所期待的诗歌品质相称。他因其突出的诗歌成就而获得首届今天诗歌奖（1988年）、首届安高诗歌奖（2000年），其中，后一诗歌奖的颁奖致词中有云：他的诗"由细腻的情感和冷静又成熟的观察提炼出对生活，生命，和时间更深层的属性"[1]。这样的评语简洁而又准确地概括了贯穿于多多迄今为止诗歌写作中的基本特征。确如宋海泉所说，多多"用荒诞的诗句表达他对错位现实的控诉与抗争，以实现对人性丧失的救赎。但是这种救赎，不是以受难而是以沦落，不是以虔诚而是对神明的亵渎，不是以忠贞而是以背叛，不是以荆冠或十字架而是以童贞的丧失为代价来实现的"，"拿着一把人性的尺子，去衡量大千世界林林总总，一切扭曲的形象"。[2]

在多多诗歌的语词内部，滋生着一种相互对峙、相互冲击的趋向，这恰好是诗歌保持原生力量的源泉。可以说，多多属于那种在诗中保存了我们母语——现代汉语的坚实硬度的诗人，他亮出了锐利的语言锋芒而"直取诗歌的核心"（黄灿然语）。这尤其体现在诸如"当那枚灰色的变质的月亮／从荒漠的历史边际升起"（《无题》，1974年）、"歌声是歌声伐光了白桦林／寂静就像大

（1）　刘丽安：《"安高诗歌奖"2000年度首届颁奖仪式致词》，见萧开愚、臧棣、孙文波编《中国诗歌评论：从最小的可能性开始》，第236页，人民文学出版社2000年版。

（2）　宋海泉：《白洋淀琐忆》，《诗探索》1994年第4辑。

雪急下"（《歌声》，1984年）、"坐弯了十二个季节的椅背，一路／打肿我的手察看麦田／冬天的笔迹，从毁灭中长出"（《通往父亲的路》，1988年）等诗句中。而他的《手艺》一诗，充分展示了多多犀利的诗思和诗歌理想：

我写青春沦落的诗

（写不贞的诗）

写在窄长的房间中

被诗人奸污

被咖啡馆辞退街头的诗

我那冷漠的

再无怨恨的诗

（本身就是一个故事）

我那没有人读的诗

正如一个故事的历史

我那失去骄傲

失去爱情的

（我那贵族的诗）

她，终会被农民娶走

她，就是我荒废的时日……

在这里，将诗歌写作指认为"手艺"，表明他很大程度上认同了"手艺"所蕴含的原始力量：一方面，它与现实的土壤紧密相连，从而显得质朴、坚韧、浑沉；另一方面，它保持着与"手"有关的一种古老劳作的神秘品性，从而显得隐晦、超然、深邃。那么，对于多多来说，诗歌被作为一门"手艺"究竟意味着什么？这显然既涉及他本人对诗歌本性的认识，又关乎作者写作此诗的语境（语言和时代背景），他力图表达的是自己关于诗歌、诗歌与时代、诗歌与自我等命题的独特理解。在诗中，诗人始终以"我"作为全篇得以延展的动力（"我写……"、"我那……"），以此表明自己诗歌态度的主动性，尽管他在表面上让诗歌处于被动的地位（"沦落"、"被辞退"、"无怨恨"、"没有人读"、"失去骄傲"等，这些都是以退为进的语词）。其间暗含着一种挑衅般的反讽甚至冷漠语气："我"就是要写"不贞"的诗，"我"就是不指望众多的读者……总之，"我"的诗就是要与众不同。诗人对诗歌的"异端"追求，与其说是为了标新立异，不如说为了显示一种叛逆的决绝。在他看来，诗歌在时代中的处境"本身就是一个故事"，它曾经高傲却未免不合时宜，它也许软弱无力但应当受到礼赞。诗的最后两行，将诗歌作为"手艺"的二重特性展露无遗。

与多多比较起来，芒克（1950—　，原名姜世伟）具有更特殊的身份。他既是"白洋淀诗歌群落"的重要成员，又是"朦胧诗"运动的前奏——"今天派"的创始人之一；这一身份使得芒克成为这两股诗歌脉流的名副其实的衔接者。鉴于这两股诗歌脉流之于中国当代诗歌进程的重要性，更由于芒克诗歌自身的独特性，他在当代中国诗歌从70年代中后期到80年代初的过渡中，具有不可替代的作用。

芒克于1971年开始写诗，1973年即写出一批奠定他风格和地位的重要诗作，1978年底参与创办《今天》，1987年完成他的巅峰之作——长诗《没有时间的时间》。他先后出版诗集《阳光下的向日葵》（1988年）、《芒克诗选》（1989年）、《今天是哪一天》（2001年）等。在一些追述文章里，芒克被描绘成一位"天然"的诗人，例如多多就曾说"芒克是个自然诗人"，"他诗中的'我'是从不穿衣服的、肉感的、野性的，他所要表达的不是结论而是迷失。迷惘的效应是最经久的，立论只在艺术之外进行支配"。[1] 这让人不禁想起高尔基对

（1）　多多：《被埋葬的中国诗人（1972—1978）》，《开拓》1988年第3期。

叶赛宁的评价："与其说是一个人，倒不如说是自然界特意为了诗歌，为了表达无尽的'田野的悲哀'、对一切生物的爱和恻隐之心而创造出来的一个器官。"

对语词本身具有强烈的敏感，这是芒克同多多类似的地方。据说，1970年代多多和芒克相约每年年底交换一册诗集，这种仪式化般的行为，既与他们的天性、又多少与时代氛围具有隐秘的联系。他们那一时段的作品有着相近的桀骜不驯的姿态，大概是相互激励的结果。芒克早年的诗篇在炼字造句上，颇有"语不惊人死不休"的架势。如："太阳升起来／天空血淋淋的／犹如一块盾牌／／日子像囚徒一样被放逐／没有人来问我／没有人宽恕我／／我始终暴露着／只是把耻辱用唾沫盖住"（《天空》）、"它脚下的那片泥土／你每抓起一把／都一定会攥出血来"（《阳光中的向日葵》）、"天黑了下来我仍旧在街上游荡感到肠胃一阵疼痛／我现在真想发疯似的喊叫让满街都响起我的叫声"（《街》）等，这些诗句力图显出惊世骇俗的气概。他的《雪地上的夜》一诗，更显出楔入时代的锐利风格：

　　雪地上的夜
　　是一只长着黑白毛色的狗

月亮是它时而伸出的舌头

星星是它时而露出的牙齿

就是这只狗

这只被冬天放出来的狗

这只警惕地围着我们房屋转悠的狗

正用北风的

那常常使人从安睡中惊醒的声音

冲着我们嚎叫

这使我不得不推开门

愤怒地朝它走去

这使我不得不对着黑夜怒斥

你快点儿从这里滚开吧

可是黑夜并没有因此而离去

这只雪地上的狗

照样在外面转悠

当然，它的叫声也一直持续了很久

直到我由于疲惫不知不觉地睡去

并梦见眼前已是春暖花开的时候

从表面上看，这是一首写景的诗。标题中的"雪地"和"夜"暗示了所描绘景物的特点："雪地"表明时令正值冬季，"夜"标划了一段具体的时间刻度，前者用来修饰后者，重心落在后者上；"夜"正是诗要描绘的对象。然而，这显然不是一首单纯的写景诗。由"雪地"和"夜"构筑的氛围，与其说是自然景物，不如说是社会环境。"雪地"透射的冰冷和"夜"铺陈的静谧，其字面的冷色调给人一种心理上的压抑感、孤寂感。这句标题定下全诗的基调，预示了诗篇可能展开的方向。不过，进入诗篇后才发现，全诗采用的是叙述笔法，"夜"本来是叙述者置身其间的情境，却成了遭受审视甚至反抗的对象。这种与"夜"的对峙格局的设定，潜藏着叙述者试图挣脱"夜"的情境束缚的意向。

诗的第一节以拟人化方式和富于想象的比喻，漫画式地勾勒出"夜"的整体状貌。"狗"的说法一方面将静态的"夜"动态化了，另一方面隐含了某种鄙夷的语气（狗一般意味着卑贱、降格），这种鄙夷与后面"你快点儿从这里滚开吧"的怒斥保持了一致。用来描绘"夜"的"黑白毛色"和以月亮喻舌头、以星星喻牙齿，都十分形象贴切，也很巧妙。这两个比喻需要一种阔大的想象和整体感，具体而有力度，能将事物最显著的特征凸显出来，突破了当时流行的俗滥修辞。但为什么只写了舌头和牙齿呢？这显然与叙述者的意向有关，他是想借此呈现出"夜"的凶恶乃至残暴的一面。

接下来，"夜"的状貌得到进一步展示。"冬天放出来的狗"提示的"狗"的归属、"警惕"的情态、"转悠"的动作，都让人产生某种现实的联想。除了动作，"狗"还发出"嚎叫"的厉音（这里运用了"北风"的借喻用法），"使人从安睡中惊醒"。至此，"狗"的胁迫渐渐逼近。以至在第三节里，叙述者"不得不"挺身而出予以反抗，从"愤怒地""走去"到"怒斥"，体现了情绪强烈程度的升级。如果把这首诗看作一部短小的情景剧的话，那么到"怒斥"为止，就达到了全剧的高潮。最后一节，整个情境趋于平缓（只是从语势上来看），第三节的紧张局面得到缓解；"狗"照样转悠，叫声依然持续。全诗似乎要就此收束，但最后两句蓦地转变笔锋，使全诗获得提升，进入柳暗花明的开阔境界：

直到我由于疲惫不知不觉地睡去
并梦见眼前已是春暖花开的时候

这两句诗于迷惘中暗含着期冀，于忧愤中寄寓着悲悯，给人以不尽的遐思。

有人说，"如果说振开（北岛）写诗是思想，那么芒克写诗则是呼吸"[1]。"呼吸"的确展示了芒克诗歌的状态和风貌，"思想"的刻意（"朦胧诗"）与"呼吸"的自然（"地下诗歌"）在此泾渭分明。实际上，这既是一种风格层面或方式上的区别，也是一种写作观念、取向上的分野。可以看到，作为"朦胧诗"运动先驱的"白洋淀诗歌群落"，如芒克、多多、根子这些属于"自然生长"的诗人，其所具有的"天然"的粗砺、驳杂甚至野性，被他们的后继者们以自觉的理性、强烈的社会历史批判意识给磨平了。这似乎是一种历史的必然与无奈。

---

[1] 徐晓：《〈今天〉与我》，见《沉沦的圣殿：中国20世纪70年代地下诗歌遗照》，第395—396页，新疆青少年出版社1999年版。

2

"朦胧诗"浮出地表

1970年代后期，随着中国社会格局的变动和思想解放潮流的推动，诗歌也出现了某种复苏的迹象。此际，除了艾青、牛汉等老一辈"归来的诗人"，和以骆耕野、熊召政、张学梦等为代表的青年政治抒情诗人外，格外引人注目的是一批以青年诗人为主体的"朦胧诗"人。他们的崛起，预示着一个崭新的诗歌时代的到来。对于刚刚复苏的诗歌创作来说，"真实"——面向历史真实、表达真情实感——是它们的基本特征，这显然是对过去"假大空"诗歌的有力反拨。如果说，"真实"的原则在"归来的诗人"那里表现为对自身苦痛经历的书写，在青年政治抒情诗人那里是对1950年代干预和关注现实传统的接续的话，那么，它在"朦胧诗人"那里则被转化为一种对于人、人性和自我价值的充分肯定。

正如前述，"朦胧诗"同1960—1970年代的"地下诗歌"之间具有多重的联系；既有人缘方面的接触，又有主题和表现手法上的承续。不过，值得注意的是，"朦胧诗"在将"地下诗歌"的批判主题、反思精神和自我张扬特性向前推进和发挥的同时，又以其理性写作姿态磨损掉了后者的天然、率直的品质。"朦胧诗"作为一种诗歌潮流的兴起和产生影响，与两方面的因素密不可分：一是《今天》杂志的创办，一是围绕"朦胧诗"展开的激烈而持久的论争。《今天》杂志创刊于1978年12月（创办人有北岛、芒克等），至1980年9月停刊共出版九期，并出版了三期《今天》文学资料和四种丛书。《今天》创刊号上的《致读者》鲜明地表明了《今天》同人们的文学观和文学理想：

> 历史终于给了我们机会，使我们这代人能够把埋在心中十年之久的歌放声唱出来，而不致再遭到雷霆的处罚。我们不能再等待了，等待就是倒退，因为历史已经前进了。
>
> ……

今天，当人们重新抬起眼睛的时候，不再仅仅用一种纵的眼光停留在几千年的文化遗产上，而开始用一种横的眼光来环视周围的地平线了。只有这样，才能使我们真正了解自己的价值，从而避免可笑的妄自尊大或可悲的自暴自弃。

我们的今天，植根于过去古老的沃土里，植根于为之而生、为之而死的信念中。过去的已经过去，未来尚且遥远，对于我们这代人来讲，今天，只有今天！

这则发刊词显示了从废墟中走出的一代青年的紧迫感和使命感。《今天》出现的重要意义在于，一群志同道合的诗人围聚在一起，以集团的姿态展示自己的诗学探索。随着刊在《今天》上的《回答》（北岛）、《致橡树》《祖国啊，我亲爱的祖国》（舒婷）等诗作在当时的权威刊物《诗刊》上公开发表，这批诗人才逐渐浮出地表，进入人们的视野。

不过，这批年轻的诗人在作品中表现出的主题的晦涩和手法的新奇，在引起人们关注的同时也引发了不小的争议。1979年10月，《星星》诗刊复刊号发表了顾城的《抒情诗19首》，同期载有老诗人公刘的文章《新的课题——从顾城同志的几首诗谈起》，文中谈到："坦白地说，我对他们的某些诗作中的思想感情以及表达那种思想感情的方式，也不胜骇异。但是，无论如何，我们必须努力去理解他们，理解得愈多愈好。这是一个新的课题。……要真想避免他们走上危险的小路，关键还是在于引导。"[1]这是诗界对这批诗人展开讨论的肇始。在随后的争论中，有三篇为这股新的诗潮进行辩护的文章格外令人瞩目，那就是后被称为"三个崛起论"的《在新的崛起面前》（谢冕）、《新的美学原则在崛起》（孙绍振）和《崛起的诗群——评我国诗歌的现代倾向》（徐敬亚）。谢冕的《在新的崛起面前》直言不讳地指出："我们的新诗，六十年来不是走着越来越宽广的道路，而是走着越来越窄狭的道路"，"在重获解放的今天……有一大批诗人（其中更多的是青年人），开始在更广泛的道路上探索——特别是寻求诗适应社会主义现代化生活的适当方式……它带来了万象纷呈的新气象，也带来了令人瞠目的'怪'现象"。"对于这些'古怪'的诗，有些评论者则沉不住气，便要急着出来加以'引导'；有

（1） 公刘：《新的课题——从顾城同志的几首诗谈起》，《星星》诗刊1979年10月复刊号。

的则惶惶不安，以为诗歌出了乱子了。这些人也许是好心的。但我却主张听听、看看、想想，不要急于'采取行动'。"[1] 孙绍振的《新的美学原则在崛起》更进一步，提出："与其说是新人的崛起，不如说是一种新的美学原则的崛起。这种新的美学原则，不能说与传统的美学观念没有任何联系，但崛起的青年对我们传统的美学观念常常表现出一种不驯服的姿态，他们不屑于作时代精神的号筒，也不屑于表现自我感情世界以外的丰功伟绩。……他们和我们五十年代的颂歌传统和六十年代的战歌传统有所不同，不是直接去赞美生活，而是追求生活溶解在心灵中的秘密。"[2] 徐敬亚的《崛起的诗群——评我国诗歌的现代倾向》可算是一种理论总结，该文在全面分析新诗潮的兴起背景、艺术主张、内容特征、表现手法等的基础上，将这股诗潮定位为"带着强烈现代主义文学特色的新诗潮"。[3]

当然，这些"崛起论"遭到了程度不一的反驳。有意思的是，"朦胧诗"这一命名本身，竟来自对这股新诗潮的指责。1980年第8期《诗刊》发表了章明的《令

（1）　谢冕：《在新的崛起面前》，《光明日报》1980年5月7日。

（2）　孙绍振：《新的美学原则在崛起》，《诗刊》1981年第3期。

（3）　文见《当代文艺思潮》1983年第1期。

人气闷的"朦胧"》一文，作者认为，"有少数作者大概是受了'矫枉必须过正'和某些外国诗歌的影响，有意无意地把诗写得十分晦涩、怪僻，叫人读了几遍也得不到一个明确的印象，似懂非懂，半懂不懂，甚至完全不懂，百思不得一解。……为了避免'粗暴'的嫌疑，我对上述一类的诗不用别的形容词，只用'朦胧'二字；这种诗体，也就姑且名之为'朦胧体'吧"。作者所举的"不懂"的例子，一个是1940年代既已成名的诗人杜运燮的《秋》，一个是青年女诗人李小雨的《夜》。在文章末尾作者不无忧心地指出："如果这种诗体占了上风，新诗的声誉也会由此受到影响甚至给败坏掉的。"这场关于"朦胧诗"的论争涉及新诗创作的多个层面（有不少文章还溢出了诗歌讨论的范围之外），其中一个重要的问题是，如何在诗歌中处理个人抒情与社会、时代之间的关系。论争扩大了这批青年诗人的影响，也使得"朦胧诗"的诗学特征逐步得到彰显。

其实，"朦胧诗"之所以令人感到"朦胧"，主要是因为其表现手法的新奇。这些诗一改以往直抒胸臆的传达方式，而多用隐喻、通感、象征等手法，着力捕捉诗人的潜意识、幻觉和瞬间感受；又通过时空颠倒、意象叠加和句式的大幅度跳跃等方式，让读者产生多重意蕴和不确定的印象，这些都给"朦胧诗"增添了一层朦胧色调。在主题上，"朦胧诗"致力于"个体"精神和"自我"价值的重塑。诗人们认为，此前数十年的诗歌"一直在宣传另一种非我的'我'，即自我取消、自我毁灭的'我'"，其实质是"取消了作为最具体存在的个体的人"；[1] 因此，他们如此"宣告"："在没有英雄的年代里 / 我只想做一个人"（北岛《宣告》）。在此基础上，诗人们进一步提出："诗人应该通过作品建立一个自己的世界，这是一个真诚而独立的世界，正直的世界，正义和人性的世界。"以一种坚实的"自我"为基点，诗人们展开了对于历史、时代、社会、现实的全面批判与反思，不仅如此，他们还把批判的锋芒指向"自我"本身。从根本上说，"朦胧诗"是一种介入和承担的诗歌，很多诗篇在对于"个体"经验的抒发中，渗透着强烈的民族、现实忧患感和参与意识："我想 / 我就是纪念碑 / 我的身体里垒满了石头 / 中华民族的历史有多沉重 / 我就有多少重量"（江河《纪念碑》）。这种小"我"与大"我"即个人与民族、时代的同构性，是"朦胧诗"的

（1）　《请听听我们的声音——青年诗人笔谈》中顾城的发言，见《诗探索》1980年第1辑。

一个基本特质。这种游移于个体——群体之间的含混性，不免引起了其后来者的不满和质疑。

虽然"朦胧诗"是以一种整体的潮流引起关注，但这并不意味着诗人们保持着整齐划一的风格，其中的几位代表诗人在语词习性与气息中表现出各不相同的特点。比如，北岛的诗偏于理性的怀疑和批判主题，舒婷的诗偏于温婉的人性探询，江河的诗偏于浑重的民族主题，顾城的诗编织了一个梦幻般的童话世界，杨炼的诗以激越的语句构筑着宏大的文化史诗，梁小斌的诗注重日常性场景的展现，等等。

无论怎样评价，北岛（1949——，原名赵振开）在"朦胧诗"乃至当代新诗进程中都占据了一个相当特殊的位置。曾有人这样评述说："北岛，20世纪中国诗史上一个诗歌新时代的象征"，"是中国现代诗承上启下、走向未来的有力的一环，一个不可忽略的里程碑"。[1]这一说法有其非单纯的诗学依据，因为北岛身后新一代诗人的出场竟参照了他的名字——"PASS北岛"。北岛从1970年代初开始写诗，但迟至1986年才出版首部诗集

（1）　张同道等：《独自航行的岛》，《二十世纪中国文学大师文库·诗歌卷》，第70页，海南出版社1994年版。

《北岛诗选》。尽管人们在理解和评价上可能出现分歧，但北岛的《回答》无疑应被视为"新时期"的"第一首诗"，这里"第一"意味着某种开启性甚至奠基性，因为无论就诗的主题还是表达方式抑或影响力来说，这首诗在相当长时间内都具有"范式"意义：

卑鄙是卑鄙者的通行证，
高尚是高尚者的墓志铭。
看吧，在那镀金的天空中，
飘满了死者弯曲的倒影。

冰川纪过去了，
为什么到处都是冰凌？
好望角发现了，
为什么死海里千帆相竞？

我来到这个世界上，
只带着纸、绳索和身影，
为了在审判以前，
宣读那些被判决的声音：

告诉你吧，世界

我——不——相——信！

纵使你脚下有一千名挑战者，

那就把我算作第一千零一名。

我不相信天是蓝的；

我不相信雷的回声；

我不相信梦是假的；

我不相信死无报应。

如果海洋注定要决堤，

就让所有的苦水都注入我心中；

如果陆地注定要上升，

就让人类重新选择生存的峰顶。

新的转机和闪闪星斗，

正在缀满没有遮拦的天空，

那是五千年的象形文字，

那是未来人们凝视的眼睛。

　　根据有关资料我们得知，这首诗作于1973年，原题为《告诉你吧，世界》。当时还只是作者最初一叠草稿里的一页，修改稿后来在1976年"四五"诗歌运动中张贴，虽然在一处并不引人注目的角落，但仍然产生了一定反响。这首诗产生的特殊历史遭际，似乎为有关它的诠释先天地赋予了某种过于宽大的背景。人们习惯于把它理解为"新的启蒙运动的先声"，并试图依照诗里的诸如"镀金的天空""冰川纪过去了""判决的声音"以及"五千年的象形文字"等字句，勾画这首诗与历史的某种关联。在1980年代初连篇累牍的关于"朦胧诗"的争论中，对《回答》的历史社会学阐释框架，在论争双方那里都得到了指认。"我——不——相——信"的怀疑主义所蕴含的理性精神，在阐释中得到了强调。以至于后来的评论者也普遍认为，这首诗体现了"大胆的怀疑与坚定的挑战"，"熔铸着广袤的民族苦难与博厚的历史思考"；作者"以人道主义为支点，关注乖谬逻辑中作为个体命运的人的权利和真实生存状态，向不公平的时代索还人的自由"。[1]在"朦胧诗"运动中，这首诗的高亢色调一直在起着引导和推动作用。

　　这不仅关系到对《回答》的评价，而且涉及对北岛

（1）　参阅张同道等《独自航行的岛》，《二十世纪中国文学大师文库·诗歌卷》，海南出版社1994年版。

诗歌的历史估定。可以看到，《回答》对"我"（自我）的高度肯定和充满未来的乐观精神，已经被泛化为一种诗人的代言人冲动："这是整整一代中国新人的声音与形象"，"作为觉醒的一代的典型代表，北岛的思想发展在某种程度上正是在那个该诅咒的年代里成长起来的一代人心灵历程的缩影"。[1]不过，能否把"回答"还原为一种个人化的姿势？诚然，这个"个人"直挺挺的背脊曾经打上了时代的烙印，但能否从诗中抽绎出另一些语词："弯曲的倒影""纸、绳索和身影""闪闪星斗"，以便我们分辨出某种"个人"的脆弱、犹豫和不安？在一定意义上，只有这个"个人"才是更真实的。此外，这首诗的声音特征也有值得思索之处，它的双行押韵表面上十分有力，实际上弱化了其声音的内在力度。这从一个侧面说明了过于高亢的声音的局限。

北岛曾有过如此清醒的内心悸动："我们不是无辜的／早已和镜子中的历史成为／同谋，等待那一天／在火山岩浆里沉积下来／化作一股冷泉／重见黑暗"（《同谋》）。作为经典，他的《回答》已经沉睡。相比较而言，更让人怀念的似乎是他写于同一时期的抒情短

（1）　吴晓东：《走向冬天》，《读书》1986年第8期。

诗《迷途》《雨夜》《红帆船》《走吧》《彗星》，还有《界限》：

　　　　对岸的树丛中

　　　　惊起一只孤独的野鸽

　　　　向我飞来

　　作为在《今天》上发表作品的少数"外省"诗人之一，舒婷（1952—　，原名龚佩瑜）从一开始就显出与《今天》其他诗人不大一样的气质，这或许与她的女性身份有关。她曾经说："通往心灵的道路是多种多样的，不仅仅是诗；一个具有正义感又富于同情心的人，总能找到他走向世界的出发点，不仅仅是诗；一切希望和绝望，一切辛酸和微笑，一切，都可能是诗，又不仅仅是诗。"[1]正如讲述这番话的文章标题所揭示的，对于舒婷而言，"生活、书籍与诗"是融会在一起的。她的很多诗，源于对生活的观察和感悟，落叶、黄昏、珠贝、礁石、双桅船都可触发她诗的灵感，并成为她诗中寄寓着深切情愫的物象。

（1）　舒婷：《生活、书籍与诗》，《福建文学》1981年第2期。

尽管舒婷也写有《致大海》《祖国呵，我亲爱的祖国》《一代人的呼声》等略显宏大的诗篇，但更多时候她是以一个女性的视角，审视女性自身的命运和遭际，表达女性在新的历史境遇下的吁求与渴望。她的产生了巨大反响的《致橡树》，展现了当代女性对于"伟大的爱情"的独特理解："不仅爱你伟岸的身躯，／也爱你坚持的位置，足下的土地"；诗中抒情主人公所渴求的，与其说是一种与男性的平等，不如说是一种基于对话的对等："我必须是你近旁的一株木棉，／作为树的形象和你站在一起。／根，紧握在地下，／叶，相触在云里"。这首诗在一定程度上被视为新时期女性的爱情"宣言书"。

舒婷诗歌对于女性命运与处境的关注和书写，主要沿着两条线索展开：一是如《自画像》中"被柔情吸引又躲避表示；／还未得到就已害怕失去；／自己是一个旋涡，还／制造无数旋涡"，《往事二三》中"以竖起的书本挡住烛光／手指轻轻衔在口中／在脆薄的寂静里／做半明半昧的梦"这样基于自我情感的抒发展示女性纤细柔和的一面；一是由"在封面和插图中／你成为风景，成为传奇"（《惠安女子》），"我唯独不能感觉到／我自己的存在"（《流水线》）引发的对女性命运的忧思和慨叹。当然，这种忧思并不显得激烈：

> 美丽的梦留下美丽的忧伤
>
> 人间天上，代代相传
>
> 但是，心
>
> 真能变成石头吗
>
> 为眺望远天杳鸿
>
> 而错过无数次春江月明
>
> 沿着江岸
>
> 金光菊和女贞子的洪流
>
> 正煽动新的背叛
>
> 与其在悬崖上展览千年
>
> 不如在爱人肩头痛哭一晚

——《神女峰》

尽管有"忧伤"，却仍然不乏"美丽"；"新的背叛"是对女性自我意识的激发与肯定。总的来说，舒婷的笔触是温婉细腻的，不过，在她的诗中，也偶尔掠过一丝抗逆的警觉："夜晚，墙活动起来，／伸出柔软的伪足，／挤压我，勒索我，／要我适应各种各样的形状"（《墙》）。这些诗句虽仅是稍纵即逝，但可让人们稍稍领略她诗歌主题和风格的某种复杂趋向。

对于吟唱着"生命幻想曲"的顾城（1956—1993）来说，写诗是为了构筑一个自足自在的天地："合上眼睛／世界就与我无关"。他自称是一个"任性的孩子"："我要用我的生命，自己和未来的微笑，去为孩子铺一片草地，筑一座诗和童话的花园，使人们相信美，相信明天的存在，相信东方会像太阳般光辉，相信一切美好的理想，最终都会实现。"[1]从儿童的视角和眼光出发去打量世界，具有孩童般的思维和异想，表现童话似的画面和景象；这些正是构成顾城诗歌的重要元素。顾城诗歌的这种取向，或许与他早年的经历、阅读等因素有关。他的少年时光是在乡间的寂寞中度过的，在那里他感受到大自然的赐予：

> 我感谢自然，使我感到了自己，感到了无数生命和非生命的历史，我感谢自然，感谢它继续给我的一切——诗和歌。
>
> 这就是为什么在现实紧迫的征战中，在机械的轰

---

〔1〕　顾城：《少年时代的阳光》，见《顾城文选》卷一，第131页，北京文艺出版社2005年版。

鸣中，我仍然用最美的声音，低低地说：

　　我是你的。[1]

此外，他还多次强调法国昆虫学家法布尔《昆虫的故事》对他产生的深刻影响。由此，逐渐形成了顾城诗歌中以"自然"、"童心"审视沉重的历史和抵制在他看来十分污秽的城市文明的路向。

　　在少年顾城的眼里，世界呈现为这样的"风景"："远江变得青紫，／波浪开始奔逃。／／风暴升起了盗帆，／雨网把世界打捞。／／水泡像廉贱的分币，／被礁岩随意抛掉。／／小船伸直了桅臂，／做着最后的祷告。／／太阳还没有归隐，又投下一丝假笑……"（《风景》）。这显然是经过了变形和渲染地对风景的观看，特别值得留意的是这首诗末句中的"假"字，把一种对于世界的不信任感凸显出来。这种被"妖魔化"的景物常见于顾城早年的诗作中，如："一瞬间 —— ／崩坍停止了，／江边高垒着巨人的头颅。／／戴孝的帆船，／缓缓走过，／展开了暗黄的尸布"（《结束 —— 写在被污染

————————————

(1)　顾城：《学诗笔记》，见《顾城文选》卷一，第245页，北京文艺出版社2005年版。

的嘉陵江边》)。在此，被践踏、"污染"的不仅仅是风景，还有心灵。不过，顾城的心中仍然寄托着希冀：

> 黑夜给了我黑色的眼睛
>
> 我却用它寻找光明
>
> ——《一代人》

这首诗由"黑夜"到"黑色的眼睛"，进而引出与之相对的"白"—"光明"，巧妙地将自然的颜色与种族记忆、民族历史勾联起来，传达了"一代人"的心声。

与其诗中的儿童视角、童稚思维相一致，顾城非常重视感觉、通感、联想对诗句构造的作用。他的《小诗六首》之所以备受争议，主要在于其诗思对感觉的倚重，其中一首小诗的标题就是《感觉》："天是灰色的 / 路是灰色的 / 楼是灰色的 / 雨是灰色的 // 在一片死灰之中 / 走过两个孩子 / 一个鲜红 / 一个淡绿"。这里的色彩感觉的对比十分鲜明，由此所形成的象征意味超越了色彩本身，而获得了更为深层的历史和现实内涵。同样，他感觉里的人与人之间、人与自然之间的关系，也是与众不同的：

你，

一会看我

一会看云

我觉得

你看我时很远，

你看云时很近。

——《远和近》

顾城在答复读者关于《小诗六首》的质疑的信中，如此解释《远和近》："这首诗很像摄影中的推拉镜头，利用'你''我''云'主观距离的变换，来显示人与人之间习惯的戒惧心理和人对自然原始的亲切感。这组对比并不是毫无倾向的，它隐含着'我'对人性复归自然的愿望。"[1]这表明，对人与自然关系的沉思始终是他诗歌的主题。

舒婷的《童话诗人》如此描绘顾城："你相信了你编写的童话 / 自己就成了童话中幽蓝的花 / 你的眼睛省

---

(1)　顾城：《关于〈小诗六首〉的信》，见《顾城诗全编》，第900页，上海三联书店1995年版。

略过／病树、颓墙／锈崩的铁栅／只凭一个简单的信号／集合起星星、紫云英和蝈蝈的队伍／向没有污染的远方／出发"。最终，顾城将诗境与生活完全混淆，甚至用前者取代了后者，从而淹没在一片迷幻的、充满妄念的语词之海中。他的极具悲剧色彩的生命结局或许与此有关。

在"朦胧诗"人中，杨炼（1955— ）和江河（1949— ，原名于友泽）最初的诗歌写作有着共同的取向，那就是对"现代史诗"的追求。这种追求寄寓着他们的宏大理想：对中国传统文化重新进行诠释和书写。在江河看来，"传统永远不会成为一片废墟。它像一条河流，涌来，又流下去。没有一代代个人才能的加入，就会堵塞。……过去的传统会不断地挤压我们，这就更需要百折不挠地全新地创造。"后来，江河在为其组诗《太阳和它的反光》所写的序言中，对自己的上述说法做出了修正："传统是河流的自身或整体。……传统是运动的整体。不是一个序列，也不是朝一个方向运动，而是朝运动着的自身……传统的过去、现在和未来同时并存。"这种对于传统的理解得到了杨炼的呼应："它早已活着，现在活着，将来也会继续活下去。它不是一个词，或者像有些人说的那样：是一条河，一座连绵不绝的山。它溶解在我们的血液中、细胞中和心灵的每一次颤动中，无形然而有力！它使我们不断意识到：我们今天所做的一切并非对于昨天的否定"，因此，"每一个艺术家在他所提供的'单元模式'中，都自觉或不自觉，或多或少地浸透传统的'内在因素'，这是他自身存在的前提"。[1]这些观点，在当时激荡的变革声浪中别具意味。不过，值得省思的是这种"现代史诗"倡导背后的整体历史观。

在杨炼那里，对传统的重新认知通向的是对诗的重新理解："诗通过空间归纳自然本能、现实感受、历史意识与文化结构，使之融为一体"，"一首诗，说到底可以看作一个意识结构（包括诗人潜意识冲动中表达为语言的部分）。它是诗人通过对题材的处理达成的一个复合空间"，"由结构、中间组合和意象组成"；这个空间就是杨炼所说的"智力的空间"，"智力的空间作为一种标准，将向诗提出：诗的质量不在于词的强度，而在于空间感的强度；不在于情绪的高低，而在于聚合复杂经验的智力的高低……层次的发掘越充分，思想的意向越丰富，整体综合的程度越高，内部运动和外在宁静间张

（1）　杨练：《传统与我们》，《山花》1983年第9期。

力越大，诗越具有成为伟大作品的那些标志"。基于这些想法，杨炼创作了组诗《土地》《太阳，每天都是新的》，并先后完成体系庞大的诗组《礼魂》（包括组诗《半坡》《敦煌》《诺日朗》）、《西藏》《逝者》和《￼》（包括组诗《自在者说》《与死亡对称》《幽居》《降临节》）⁽²⁾等。

收录在《太阳，每天都是新的》中的组诗《大雁塔》，是一件受到较多瞩目的作品。全诗以古城西安的名胜大雁塔为线索和基点，展开了对一个民族苦难历史的追溯与沉思："我被固定在这里／已经千年／在中国／古老的都城／我像一个人那样站立着／粗壮的肩膀，昂起的头颅／面对无边无际的金黄色土地／我被固定在这里／山峰似的一动不动／墓碑似的一动不动／记录下民族的痛苦和生命"。在此，饱经沧桑的大雁塔被人格化地赋予了承载民族历史和记忆的功能。这样的写作思路，

<hr>

(1)　杨炼:《智力的空间》,《青年诗坛》1985 年第 1 期。

(2)　￼ 是杨炼自造的一个字（上面"日"、下面"人"），取"天人合一"意。按照他的解释，全诗是以《易经》为结构的大型诗组，由四部各含十六首诗的组诗构成，共计六十四首，对应着《易经》中的六十四卦。其中"天、地、山、泽、水、火、雷、风，合为四部。即'气'（天和风）——《自在者说》，'土'（地和山）——《与死亡对称》，'水'（水和泽）——《幽居》，'火'（火和雷）——《降临节》；贯穿线索为'外在的超越'、'外在的困境'、'内在的困境'、'内在的超越'"。见《￼》"总注"。

在后来杨炼写半坡、敦煌的诗作中有所延续。不过，他将关切的目光投向了更为幽深的远古和神秘的文化：

> 高原如猛虎，焚烧于激流暴跳的万物的海滨
>
> 哦，只有光，落日浑圆地向你们泛滥，大地悬挂在空中
>
> 强盗的帆向手臂张开，岩石向胸脯，苍鹰向心……
>
> 牧羊人的孤独被无边起伏的灌木所吞噬
>
> 经幡飞扬，那凄厉的信仰，悠悠凌驾于蔚蓝之上
>
> ——《诺日朗·日潮》

《诺日朗》的五个诗章，似乎呈现了一条明晰的人类文明演进脉络：从"日潮"的混沌初开到"黄金树"的顽强和"血祭"的抗争，再经"偈子"的"期待"直至"午夜的庆典"的再开创。正是在对远古的追寻中，杨炼再一次领略了传统的强悍、"灿烂而严峻的美"。

由于受"史诗"追求的促动，江河早年的诗大多趋于阔大的社会历史和民族主题，较有代表性的作品如《纪念碑》《没有写完的诗》《祖国啊，祖国》《我歌颂一个人》《从这里开始——给M》《让我们一起奔腾吧——

献给变革者的歌》[1] 等。这些诗篇，有着十分浓厚的刚刚过去的那段沉重历史和正在展开的时代变革的背景。除了结构的宏大和繁复外，语调也颇为昂扬：

> 土地说：我要接近天空
> 于是，山脉耸起
>
> 人说：我要生活
> 于是，洪水退去
> 河流优美地流着
> ——《让我们一起奔腾吧——献给变革者的歌》

诗中所选用的多为土地、天空、山脉、英雄、祖先这样一些空阔高远的词汇，以对应作者要表达的对重大历史事件和祖国、民族命运等的关注："我把长城庄严地放在北方的山峦／像晃动着几千年沉重的锁链／像高举起刚刚死去的儿子／他的躯体还在我的手中抽搐／我的身后，有我的母亲／民族的骄傲。苦难和抗议／在历史

---

(1) 《让我们一起奔腾吧——献给变革者的歌》后来更名为《让我们一块儿走吧》。

无情的眼睛里／掠过一道不安"（《从这里开始——给M》）。在这种关注的背后，始终隐含着一个具有强烈英雄气质的形象——将个体意志与民族历史和命运勾联起来，正是江河早年诗作的突出特点。

在几年沉默之后，重新提笔的江河调整了写作的路向，写出了一些语言清新、音调平淡的抒情之作，如《接触》《交谈》《月光》《生日》《四月》等。在《交谈》中，他试图以一种自然随意的语气娓娓而谈："为你的生日写首诗吧／此时已近深夜／再过一会你就三十六岁了／你习惯在夜里写作／并不是不爱白天／夜里没人了，你只能走进诗里"，这相较于他早年诗作里的高昂色调已经低缓了许多。虽然此际他的重要作品、组诗《太阳和它的反光》借助于古老的神话传说，更深地探入了他所期待的传统、文化等主题，并重塑了一个个神话中的英雄，但这些英雄显然更具人性色彩：

太阳安顿在他心里的时候

他发觉太阳很软，软得发疼

可以摸一下了，他老了

手指陡得和阳光一样

可以离开了，随意把手杖扔向天边

有人在春天的草上拾到一根柴禾

抬起头来　漫山遍野滚动着桃子

——《追日》

这组诗的沉静温和的语调与浓郁的东方意境，恰切地呼应着其古典主题。

　　不同于上述诗人，梁小斌（1954—　）的诗歌有着更为单纯的起点。有论者指出，"他诗歌意识的疏朗，为朦胧诗填补了内在明晰的另一侧胎记……他金属薄片般精美的诗的艺术感觉，甚至启发了这个群体之外不相干的人们"[1]。他的《中国，我的钥匙丢了》《雪白的墙》《我曾经向蓝色的天空开枪》等诗篇，展示了一代人的精神痛楚和对理想、信念的追寻。他选取的多为细微的、日常的、更具私人性的意象，如"钥匙""墙""三叶草""苹果酱""野菊"等，以此来表现复杂的个人意绪或重大社会历史主题。对此梁小斌曾做过给人印象深刻的解释："一块蓝手绢，从晒台上落下来，同样也是意义重大的。给普通的玻璃器皿以绚烂的光彩。从内心平静的波浪中觅求层次复杂的蔚蓝色精神世界。"（《我

---

(1)　徐敬亚：《圭臬之死（上）》，《鸭绿江》1988年第7期。

的看法》）这是一种从微小的个体出发去看待历史与社会的"个人性"。这一可称之为凡俗"个人性"的诗观，较早显示了对诗歌日常场景的重视，不仅一以贯之地体现在梁小斌本人的写作中，成为他诗歌入思的基本路径，而且启迪了后来的"第三代"诗人。

梁小斌早年的诗歌，一部分汇入当时诗人们源于苦难记忆的追述与沉思的和声，这些诗在主题上与某种"宏大叙事"保持着一致。他发自内心地放声唱颂："我的诗啊，它多想能感动全世界的人民"（《诗的自白》），"我对那试探我爱情的祖国无限热爱"（《我属于未来》），"让整整一代人走进少女的内心吧"（《你让我一个人走进少女的内心》），"我长时间欣赏这比人类存在更古老的风光"（《我热爱秋天的风光》），"这是新诞生的美的领域／我要向中国的田园诗人做一番演说"（《发现》）……在整体上传达了一种乐观的、积极向上的意绪。他的另一部分抒发的是他对美好生活的自由歌咏。像《我热爱秋天的风光》《大街，像自由的抒情诗一样流畅》《用狂草体书写中国》《大地沉积着黑色素》《少女军鼓队》等诗篇，采用绵长的散文化句式，表达了对新的时代的由衷礼赞。这些诗篇音质醇厚，音调敞亮而悠扬，节奏和外形十分"流畅"，有点类似于俄罗斯诗人叶赛宁的"轻抒情诗"。

梁小斌宣称,"不管多么了不起的发现,我都希望通过孩子的语言来说出",并由此认为"单纯性是诗的灵魂"。(《我的看法》)"单纯性"作为一种突出特点,在梁小斌的早期诗作中主要体现为语词结构的清晰、意象的透明与意义的明确,他偏爱以"雪白"作为底色构筑诗篇,如《在我雪白的衬衫上》《雪白的墙》《心灵上的雪花》《白雪,你使我心情舒畅》等。虽然出于单纯外形和主题的需要,梁小斌的不少诗拣选了一些大词,在诸如"人类的智慧排成了队伍""一个晒了很多太阳的中国孩子,/或许能指出未来中国的方向""在中国苍茫的田野上""我爱用狂草体书写中国"等句中,"人类""中国""未来"之类的抽象词随处可见;但他依然试图在诗里贯注某种细微的个人意绪:

当黄昏我看见一位苍老的人拉着沉重的圆木
他唱着沉缓的曲调令我难受

我的滞缓行进的祖国
我迎着晚风,按照我固有的节奏走在了前头

我的亲爱的祖国，亲爱的祖国

我的灵魂里萌发了一种节奏

——《节奏感》

3

西部风景：
新边塞诗与巴蜀诗群

在1980年代的风起云涌的文化热潮中，西部作为一道特殊的风景也被"发现"了，并得到了文学上的浓重的书写。从诗歌方面来说，格外引人注目的是青藏高原这片雪域所衍生的"新边塞诗"和以四川盆地为中心活跃着的巴蜀诗群，这两个诗歌群体以各自奇特的地域文化为背景，展现了一派绚烂的诗歌景观。有学者在谈到诗歌中的地域因素时指出："诗歌的'地域'问题，不仅是为诗歌批评增添一个分析的维度，而且是'地域'的因素在80年代以来诗歌状貌的构成中是难以忽略不计的因素。在诗歌偏离意志、情感的'集体性'表达，更多关注个体的情感、经验、意识的情况下，'地域因素'对写作，对诗歌活动的影响就更明显。偏于高亢、理性、急促的朦胧诗之后，诗歌革新的推进需要来自另外的因素作为动力。比如世俗美学的传统，现代都市中人的生存境遇，对'感性'的更为细致的感受力等等，'南方'提供了这样的可能性。"[1] 这里提到的"南方"与"北方"的相异、"个体"对"集体性"的"偏离"，就将"地域"的意义凸显出来。

"新边塞诗"作为一种独特的诗歌创作现象被提出，较早是评论者基于对杨牧（1944—　）、章德益（1946—　）、周涛（1945—　）三位新疆诗人进行观察后获得的总体印象。评论者认为："一个在诗的见解上，在诗的风度和气魄上比较共同的'新边塞诗'正在形成。"[2] 这一提法得到了一些当地诗人的认同，被评论者谈及的诗人周涛主张："新边塞诗不应该是题材上的狭窄河道，不应该是限制人们多方面探求、实验和发挥自己多方面感受的模式；而应该是促使人们更清醒地认识自己的位置和气度，从而更自觉地形成

（1）　洪子诚、刘登翰：《中国当代新诗史（修订版）》，第211页，北京大学出版社2005年版。

（2）　周政保：《大漠风度 天山气魄——读〈百家诗会〉中三位新疆诗人的诗》，《文学报》1981年11月26日。

独特风采的星座。"[1]随后，甘肃、新疆等地的刊物相继推出"新边塞诗"栏目，并组织了相关讨论，使之成为一股蔚然可观的潮流引起了广泛的关注；虽然后来关于这一名称的内涵、特征等并未得到深入探究。在这股潮流中，除了前面提到的周涛、杨牧、章德益等诗人外，为人所瞩目的还有王辽生（1930—2010）、林染（1947— ）、李老乡（1943—2017）、张子选（1962— ）、马丽华（1953— ）、梅绍静（1948— ）、魏志远（1952— ）等。

长年居住在西部的诗人昌耀（1936—2000，原名王昌耀），其诗歌风格具有浓厚的西部特色，或许最可被称为"新边塞诗"人，但实际上他不隶属于任何"派别"或"旗号"，他数十年的创作也不能简单地用"新边塞诗"概括。在长达半个世纪的诗歌创作历程中，昌耀始终忠实于自己内心的真实体验和对语言的敏感，排除种种"非诗"因素的干扰，直接进入对个体生存的质询。他曾如此表述自己的诗观："我们的诗在这样的历史处境如若不是无病呻吟，如若不是安魂曲或布道书，如若不是玩世不恭者自渎的器物，如若不是沽名钓誉者手

（1） 周涛：《对形成"新边塞诗"的设想》，《新疆日报》1982年2月7日。

中的道具，那就必定是为高尚情思寄托的容器。是净化灵魂的水。是维系心态平衡之安全阀。是轮轴中的润滑油。是山体的熔融。是人类本能的号哭。是美的召唤、品尝或献与。"[1]他的诗回荡着1940年代穆旦、阿垅等诗人作品中的受难品质，总是在对时代流行话语的偏移中对时代的本质做出深刻的反思，用语奇崛而精妙，给人内在的震撼。

早在1950年代，昌耀就写出了这样的诗句："鹰，鼓着铅色的风／从冰山的峰顶起飞，／寒冷／自翼鼓上抖落。／／在灰白的雾霭／飞鹰消失，／大草原上裸臂的牧人／横身探出马刀，／品尝了／初雪的滋味"（《鹰·雪·牧人》）。诗里描绘的是典型的西部景物，但所用的语词和句法丝毫没有当时鼓噪的年代的印痕。这种对现时和写作风尚的拒斥，是贯穿昌耀全部诗歌的基本品质。面对世间和诗界的喧嚣，昌耀显示了极其可贵的沉静与自若："静极——谁的叹嘘？／／密西西比河此刻风雨，在那边攀缘而走。／地球这壁，一人无语独坐"（《斯人》）。诚如有论者指出：昌耀诗歌表现出"对语言的维护与抢救。……他本能地、精心地（也

（1）　昌耀：《酒杯》，《命运之书》，第210—211页，青海人民出版社1994年版。

就是自由地）捡选出的文本语言是一种幸存的语言……也就是战胜了强制性意识形态作用的语言，同时是一种适宜表达真实思想与充沛诗意的语言"。[1]

从表面上看，昌耀有相当一部分诗是直接展现西部风景的，较有代表性的如组诗《青藏高原的形体》（包括《河床》《圣迹》《她站在剧院临街的前庭》《阳光下的路》《吉本尖乔——鲁沙尔镇的民间节日》《寻找黄河正源卡日曲：铜色河》），他不仅勾画了那里的地貌，而且展示了那里的人情、风俗和精神。在昌耀看来，所谓"西部精神"实则"是与时代转型期同时来临的一种自觉的生命潮动……有着不尚粉饰的拙朴基调与峻急品格。有着义无反顾的道德操守。有着充满宗教感的善的隆重。有着基于死亡意识的人性悲壮。有着面对现代文明冲击的内心困惑。有着感于文化滞距的历史反省。有着实现理想人格的恣情追求"。[2]因此，他的书写其实超越了狭隘的西部地域范围，而深入到人性、"爱"与生命等主题。他的著名组诗《慈航》（1980年）可视为他本人的精神履历，其中回荡着的是这些强有力的箴言般的语句："在善恶的

---

(1) 殷实：《幸存的诗人》，《读书》1997年第7期。
(2) 见昌耀《命运之书》，第314页，青海人民出版社1994年版。

角力中／爱的繁衍与生殖／比死亡的戕残更古老、／更勇武百倍"。这几乎成了他毕生执守的信念。

对自然的敬畏、对人性和爱的尊崇，使得昌耀的诗渗透着宗教般的神圣感，犹如"不能描摹的一种完美"，"不学而能的人性醒觉"（《紫金冠》）。不过，这并不表明昌耀服膺了某种具体的宗教教义，毋宁说体现了一种"灵魂的渴求"。他在一则短文里写道："重新开始我的旅行吧。我重新开始的旅行仍当是家园的寻找。……灵魂的渴求只有溺水者的感受可为比拟。我知道我寻找着的那个家园即便小如雀巢，那也是我的雀巢"（《91年残稿》）。正由于不懈的"寻找"，昌耀的诗中经常闪现一个"赶路"者的姿态，在《听候召唤：赶路》（组诗）中他如此礼赞："你，旅行者／沿途立起凿刀／以无名雕塑家西部寻根的爱火／一一照亮摩崖被你重铸的神祇"。虽然当那位旅人渐渐消失在晨曦中时，内心不免掠过一丝犹疑：

可也无人察觉那个涉水的
男子，探步于河心的湍流，
忽有了一闪念的动摇。

——《风景：涉水者》

从美学风格上说，昌耀的诗常常因受难的痛楚、无名的焦灼等体验，而显出高峻、悲怆却又节制的品质：

在雄鹿的颅骨，有两株
被精血所滋养的小树。
雾光里
这些挺拔的枝状体
明丽而珍重，
遁越于危崖、沼泽，
与猎人相周旋。

若干个世纪以后。
在我的书架，
在我新得收藏品之上，
我才听到来自高原腹地的那一声
火枪。——
那样的夕阳
倾照着那样呼唤的荒野，
从高岩。飞动的鹿角
猝然倒仆……

……是悲壮的。

——《鹿的角枝》

这首诗写了两种不同状态下的"鹿的角枝"：鲜活的展现在雄鹿颅骨上的"挺拔的枝状体"，和干枯的放在书架上的"新得收藏品"；前者"明丽而珍重，／遁越于危崖、沼泽，与猎人相周旋"，而后者仅仅作为艺术品引人缅想。正是在这两种不同状态下"鹿的角枝"的差别和关联的确立过程中，一幕"悲壮"的死亡景象得到了呈现。这一确立过程穿越了时空，给诗人（同时还有读者）带来了极大的震撼。诗的构思十分精巧独特，从充满活力的"挺拔的枝状体"写起，在"若干个世纪以后"，"才听到来自高原腹地的那一声火枪"，诗的末尾只用了一行："……是悲壮的。"这样，虽然通过生命毁灭的展示，表现了一个"悲壮"的主题，但全诗的语调是平静而克制的。

昌耀的诗歌在语言上具有鲜明的古语特征。正如有论者敏锐地观察到的："昌耀所大量运用的、有时是险僻古奥的词汇，其作用在于使整个语境产生不断挑亮人们眼睛的奇突功能，造成感知的震醒，这与他诗化精神的本色是直接相关的，他不仅用内涵来表述'在路上'

的精神内容，也用'古语特征'造成的醒觉、紧张与撞击效能来体现精神的力道。"[1] 同时，昌耀善于使用参差错落的句子，那种语词的自如、轻逸蕴藏着沉浑的力度。有时，某种韵律便产生于长短不一的行句间：

> 那年头黄河的涛声被寒云紧锁，
> 巨人沉默了。白头的日子。我们千唤
> 不得一应。
>
> 在白头的日子我看见岸边的水手削制桨叶了，
> 如在温习他们黄金般的吆喝。
>
> ——《冰河期》

这种参差句式对应着情绪的向度和语流的速度。值得留意的还有诗中句号的使用：它在一行诗句之内提示语气的停顿，在句末则造成戛然而止、意味无穷的效果。此外，短语"白头的日子"重复出现，起到了语音回旋、语意增进的作用，虚词"了"有助于语感的协调，共同映衬着富于节奏的"黄金般的吆喝"。昌耀诗中大量的

（1）　骆一禾、张玞：《太阳说：来，朝前走》，《西藏文学》1988 年第 5 期。

对虚词——语言留给新诗韵律的弱点——的大胆而灵活的启用，成为自由诗韵律生成的奇特景观。

在中国当代诗歌版图上，四川是作为"外省似的反叛"（钟鸣语）之"策源地"而引起关注的。在那片"渗透了神秘巫术的地貌"、"痉挛向上的断壁"，及"匪徒般劫掠空峡的棕云，归真返璞的水与城与人"（巴铁语）的盆地，各种诗歌力量交织的情状堪称当代诗歌迁变的缩影，其诗学症候的典型性为世人所公认。不过，已有的谈论大多仅限于一种充满猎奇眼光却不免浮泛的扫描，目的在于巴蜀地域奇异的风俗、人文、性格所激起的惊诧与艳羡，然而地域与诗歌之间繁复的互渗关系、地域因素导致的诗歌观念的"偏移"及其技艺表现，并未得到很好的辨析。

在生于重庆的诗人柏桦看来，"地域"是一种激发的机制，他眼里的那座山城"在热中拼出性命，腾空而起，重叠、挤压、喘着粗气。它的惊心动魄激发了我们的视线，也抹杀了我们的视线。在那些错综复杂的黑暗小巷和险要的石砌阶梯的曲折里，这城市塞满了咳嗽的空气、抽筋的金属、喧嚣的潮湿。……重庆的本质就是赤裸！诗歌也赤裸着它那密密麻麻的神经和无比尖锐的触觉。诗歌之针一刻不停，刺穿灰雾紧锁的窗户，直刺进我们的居室、办公室、脸或眼角"；诗歌的力量的确在这样的地方找到了不同凡响的聚合和发酵之处，"美学'反动'或美学'颠覆'也尽情在此厮杀、朗诵、哭泣"。[1] 对于另一位四川诗人钟鸣来说，"地域"的因素是深入骨髓的，他在谈及南方时心中想到的是自己的家乡："谁真正认识过南方呢？它的人民热血好动，喜欢精致的事物，热衷于神秘主义和革命，好私蓄，却重义气，不惜一夜千金撒尽。固执冥顽，又多愁善感，实际而好幻想……"[2] 而同为川籍诗人的萧开愚大概也是如此："南方雾岚萦绕的丘陵地区，江河纵横、沟渠密布的水乡，和野兽出没的热带与亚热带丛林，都是滋生幻想、刺激想象力的强制性地貌……南方诗人在陈述现实的时候，很少提供开阔的视野，浮想联翩多于观察，比喻多于比较"[3]；这与长期生活在成都的女诗人翟永明所说的"一个闲散、爱侈谈的常年处于阴郁天气的地区，最容易滋生诗歌的魂灵"（见《完成之后又怎样——翟永明访谈录》）如出一辙。

（1）　柏桦：《左边：毛泽东时代的抒情诗人》第3卷，《西藏文学》1996年第3期。

（2）　钟鸣：《旁观者》第2册，海南出版社1998年版。

（3）　萧开愚：《南方诗》，《花城》1997年第5期。

值得注意的是，在中国诗歌急剧变化的 1980 年代，以四川盆地为中心揭竿而起的诗歌群落如"非非主义"、"莽汉主义"、"新传统主义"、"整体主义"等，在写作策略和美学趣味上表现出明显的倚重"方言"的趋向；"方言"恰如其分地充任了他们富于喜剧色彩的美学革命的催化剂，而不仅仅是"调味品"。正是基于"方言"，这些流派的理论主张与写作实践才可被还原为一个个诗学个体和问题，亦即更为内在的诗歌技艺的"细节"。不管是从词汇的构成还是表达方式来说，变幻多端的"方言"帮助巴蜀诗人"对词汇是发现式的，是在看似没有诗意的词汇中寻找式的"，并倾向于直接在诗中使用"小词"，"直接使用小词意味着直接深入事境，直接接受了小词中卑污甚至淫亵的成分"。[1]

作为一个内部艺术取向并不一致的诗歌群体，"非非主义"诗派的影响力无疑更多来自他们的理论表述。在参加 1986 年中国现代主义诗群大展时，他们所提供的《非非主义宣言》确立了三大"还原"（即感觉还原、意识还原、语言还原）的原则，认为"要摒除感觉活动中的语义障碍"、"摒除意识屏幕上语义网络构成的种种界

（1）　敬文东：《指引与注视》，第 119 页，中国文史出版社 2001 年版。

定"，并"捣毁语义的板结性，在非运算地使用语言时，废除它们的确定性；在非文化地使用语言时，最大限度地解放语言"。[1]随后，其理论代言人周伦佑、蓝马相继推出《反价值》《变构：当代艺术启示录》《前文化导言》《非非主义诗歌方法》等颇具体系的长篇论文，提出并阐释了语言的非两值定向化、非抽象化、非确定化，以及"前文化"、"超语义"、"反价值"和"语晕"等概念。这些极端的主张连同他们的颇具实验色彩的创作，激起了强烈的反响。

在一篇自我辩解的文章里，周伦佑（1952— ）将其分别命名的他本人的《自由方块》《头像》的解构性写作，杨黎的《街景》《高处》的物化描述性写作，蓝马的《世的界》的超语义写作，称为"非非主义"诗派的主要创作实绩。在很大程度上，"非非主义"诗派的创作似乎是对其理论表述的一种印证。周伦佑的组诗《自由方块》堪称将语言作为"方块"进行"自由"组合的一个范例，其中《拒绝之盐》有这样的句子："拒绝水你不再游泳不再向江河湖海撒网 / 拒绝

（1） 见徐敬亚等编《中国现代主义诗群大展 1986—1988》，第 33—34 页，同济大学出版社 1988 年版。

火你不再炼石不再仿制一切形式的灯／拒绝雨你不再布道不再敲打破碎的瓦罐／拒绝风你不再升旗不再指挥船队远航／／你把拒绝作为游戏／无人对弈／你的棋子仍在减少／拒绝之盐无味／你从无味接近烹饪之道"。在此，尽管周伦佑强调非文化、非理性对于写作的反作用，但他仍然试图在作品中传达某种意味，比如《自由方块》有多处显示了对于社会文化秩序和成规的揶揄与抗议。相比之下，杨黎（1962—　）显得要克制一些，他的《街景》（又名《冷风景》）是题献给阿兰·罗布－格里叶的，杨黎也自称自己的写作受到了那位法国新小说家的影响，他笔下的"风景"完全是不动声色、"客观"地呈现着，作者的主观情绪被压制到"冷"的境地，借此体现"非非主义"理论中的"超语义"等观念。此外，蓝马（1957—　）、何小竹（1963—　）、刘涛（1961—　）、小安（1964—　）、陈小蘩（1961—　）也写出了各具特色的"非非主义"诗作。

有必要指出，"非非主义"诗派在理论和实践上均有着明显的"亚文化"特征，他们的种种表现（主张和创作）似可被看作1980年代文化对抗的产物。就这一点而言，由李亚伟（1963—　）、万夏（1962—　）、胡冬（1962—　　）等发起的"莽汉主义"诗派与"非非主义"诗派具有相似性。"莽汉主义"诗人同样以尖锐的叛逆姿态出场，他们宣称："捣乱、破坏以至炸毁封闭式或假开放的文化心理结构！莽汉们老早就不喜欢那些吹牛诗、软绵绵的口红诗……如今也不喜欢那些精密得使人头昏的内部结构或奥涩的象征体系。……在创作原则上坚持意象的清新、语感的突破，尤重视使情绪在复杂中朝向简明以引起最大范围的共鸣，使诗歌免受抽象之苦"[1]；他们"自己感觉'抛弃了风雅，正逐渐变成一头野家伙'，是'腰间挂着诗篇的豪猪'，以为诗就是'最天才的鬼想象，最武断的认为和最不要脸的夸张'"。后来，发起人之一李亚伟承认，"'莽汉'这一概念从一开始就不仅仅是诗歌，它更大的范围应该是行为和生活方式"[2]。他们诗歌的基本取向是：反崇高、平民化、口语化，和对深度意义的摈弃。例如李亚伟的《中文系》《硬汉们》，万夏自印诗集《打击乐》中的部分诗作，胡冬的《我想乘上一艘慢船到巴黎去》等。

　　在社团、流派林立的巴蜀诗群中，柏桦（1956—　　）并

（1）　《莽汉主义宣言》，见徐敬亚等编《中国现代主义诗群大展1986—1988》，第95页，同济大学出版社1988年版。

（2）　李亚伟：《英雄与泼皮》，《诗探索》1996年第2辑。

没有明确的"归属"，他的写于"朦胧诗"崛起时期的《表达》（1981年），展现的是与同时期诗歌相异的旨趣："我要表达一种情绪／一种白色的情绪／这情绪不会说话／你也不能感到它的存在／但它存在／来自另一个星球／只为了今天这个夜晚／才来到这个陌生的世界"。这首诗后来被认为是"朦胧诗"之后"新生代"诗歌的先声之作。他虽然曾列入"四川七君"这一松散的名号之下，但他的诗歌创作与火热的盆地氛围并不相宜，而更像是经受过温润的江南气息的熏染，且留有浓重的过去时代的影子。他的《春天》《夏天还很远》《惟有旧日子带给我们幸福》《李后主》《在清朝》《望江南》《春日》等诗作，都显示了其对于"旧"的发自肺腑的眷恋，如一种难以祛除的"怀乡病"，尽管有时他在谈到过去时满含讥诮：

在清朝

安闲和理想越来越深

牛羊无事、百姓下棋

科举也大公无私

货币两地不同

有时还用谷物兑换

茶叶、丝、瓷器

——《在清朝》

　　他的这些诗，在构词和句法上具有苦心经营与猝然迸发相交融的特点，显出某种浑然天成的美感。不过，柏桦的诗歌还有值得格外辨析的另一方面，即他自称"毛泽东时代的抒情诗人"所特有的对于他亲历的时代命题的反省，其间混杂着真诚（自恋）与戏仿（嘲讽）。这当然也是一种怀旧，但它包含的意绪是暧昧不清的："必须向我致敬，美的行刑队／死亡已整队完毕／开始从深山涌进城里"（《美人》）。

　　与柏桦同列"四川七君子"的钟鸣（1953—　），也写出过给人印象深刻的诗作。钟鸣的代表作《中国杂技·硬椅子》以繁复著称，同时体现了未免夸饰的美学趋向；1980年代后期他曾与人合作创办诗歌刊物《象罔》，产生过一定的影响。钟鸣给人印象更深的也许是他的三卷本随笔《旁观者》及其他一些批评文字，其中不乏博学与敏识，并以个人化的视角和方式，借助丰硕的诗学、思想资源和历史材料，展现了中国当代诗歌令人触动的细节与图景；同时对一些诗人和诗歌文本进行了充满启发性的评析，开创了一种独特的批评文体。

此外，虽然不是川籍，但与巴蜀诗群交往密切的张枣（1962—2010），他的诗注重古典意象和音韵的精心调配，如《何人斯》：

> 这是我钟情的第十个月
>
> 我的光阴嫁给了一个影子
>
> 我咬一口自己摘来的鲜桃，让你
>
> 清洁的牙齿也尝一口，甜润的
>
> 让你全身也膨胀如感激

他此际的重要作品有《镜中》《姨》《桃花园》《十月之水》《灯芯绒幸福的舞蹈》等。张枣1980年代中后期去德国留学，他进入90年代后在海外创作的诗歌，国内读者了解不多，近年来随着他的诗集《春秋来信》等的出版，加上他在2010年因病去世，他的诗歌才为越来越多的人所关注。这一时期他的重要作品有长诗（组诗）《跟茨维塔耶娃的对话》《卡夫卡致菲利斯》《云》等。茨维塔耶娃、卡夫卡，都是西方著名诗人、作家，张枣在这两首长诗中拟造了一种对话结构，当然进行的是精神上的对话，他善于通过构拟一种戏剧性情境，以揭示自我的多重性。张枣对语言极其敏感，被视为最富语言天赋和表达才能的当代诗人之一，他试图以苦心孤诣的写作探掘现代汉语的潜能、穷尽现代汉语的丰富表现力，以对古典的创造性转化凸显当代诗歌的汉语性，展示了汉语的华丽、绚烂的一面。

4

众声喧哗："他们"及其他

在中国当代诗歌历史上，1986是一个不应该被忘却的年份。这一年，诗歌寻求再次变革的涓涓细流经过几年的积聚，终于汇集成不可遏止的大潮，如山洪般爆发了。仿佛是一夜之间，全国数百个诗歌社团、流派打着五花八门的名号，纷纷亮相于诗歌的舞台。这一年，《诗歌报》（安徽）和《深圳青年报》用七个整版篇幅，联合推出了"中国诗坛1986现代诗群体大展"，从各地风起云涌的诗歌社团中挑选了六十余家予以集中展示。"大展"的发起者以不无夸张的口吻描述道："1986——在这个被称为'无法抗拒的年代'，全国两千多家诗社和十倍百倍于此数字的自谓诗人，以成千上万的诗集、诗报、诗刊与传统实行着断裂，将80年代中期的新诗推向了弥漫的新空间，也将艺术探索与公众准则的反差推向了一个新的潮头。"[1]这些诗歌社团除前述巴蜀诗群中的"非非主义"、"莽汉主义"等外，较有影响的还有"他们文学社"、"海上诗群"、"城市诗"、"撒娇派"、"圆明园诗群"、"星期五诗群"等。也是在这一年，大型文学刊物《中国》开辟了一个诗歌栏目，刊载朦胧诗后更为年轻诗人的诗歌作品；主持这个栏目的老诗人牛汉专门写了一篇"读稿随想"，把这群更为年轻的诗人称为"新生代"：

> 近一年来，我领悟地发现了成百位新生代的诗人，还来不及一个一个地仔细欣赏，仿佛望见了壮丽的群雕，他们的诗搏动着一个心灵世界。这里没有因袭的负担，没有伤疤的荫翳和沉重的血泪的沉淀，没有瞳孔内的恍惚和疑虑，没有自卫性的朦胧的铠甲，一切都是热的蒸腾，清莹的流动，艺术的生命，肤色红润，肌腱强壮，步伐有弹性，头颅上冒三尺光焰：这是一个年轻人体魄的形象。[2]

（1）　徐敬亚语，见《深圳青年报》1986年9月30日。
（2）　牛汉：《诗的新生代——读稿随想》，《中国》1986年第3期。

其实,"新生代"还只是对这批诗人的一种命名,其他称呼还有"第三代"、"后朦胧诗"、"实验诗"等。不过,有一种观点认为,在"朦胧诗"和"第三代诗"之间并没有那么明显的更替界限和层次,而是存在着交叉、叠合、齐头并进的情形。譬如,被称为"朦胧诗""异类"的梁小斌,实际上可被看作"第三代诗"的重要开启者,他诗歌中大量运用了口语化的词语和句子,成为"第三代诗"口语化写作的源头之一。另一位值得一提的诗人是王小龙(1954—),他早年曾与人创办诗社、合编《实验诗刊》,在"朦胧诗"鼎盛时期,他是有意识地用一些口语化的、不那么严肃的词语和句子写诗的先行者。代表性作品有《出租汽车总在绝望时开来》《外科病房》《那一年》《孤立无援的小鸟》等,那些诗中显得随意的句子松动了朦胧诗渐渐趋于板结的密集意象和象征模式,可谓"第三代诗"的引路人,为后来大面积爆发的对朦胧诗的反叛潮流提供了基础。

对"朦胧诗"的反叛与超越,是"第三代"诗人的最初动机和创作的基本动力。在他们看来,"朦胧诗"中的"我"还不具备真正的主体意识,是以一种大写的"我"实施了对"我"的挤压,这种大写的"我"的实质是"我们"。有感于此,"第三代"诗人要将大写的

"我"压缩为小写的"我"，为此他们对大写的"我"进行了一系列"还原"，"我"不再是满怀忧患意识的历史承担者，而成为不代表任何人、毫无时代使命感的普通一员。不过，值得担忧的是，当这个平面化的消除了深度的"我"，以无拘无束的感性抒写为指归并始终停留在这一层面时，这种处于悬浮状态的"我"把"我"的多面性在另一方向上一体化了。"第三代"诗人有两个主要的立足点：语言意识和生命意识。以此为基石，他们的诗歌呈现出从理性到感性、从崇高到卑俗、从表达到宣泄的趋势；一部分诗人仅止于对作为感性生命的"我"的描述，和对"我"的瞬时经验的即兴捕捉，表现出对有深度的意义的消解，以及对深入探究的拒绝。当然，这批诗人的相当一部分，尚存在过分的姿态性与表演性，理论倡导大于创作实践、表面声势高于实际成绩等不足。

"他们文学社"集聚在创刊于1985年初的《他们》，其众多成员分布在全国各地，代表人物有韩东（1961—　）、于坚（1954—　）等。这群诗人在聚合之初有着相近的美学趣味，这就是他们参加1986年现代主义诗群大展时、由韩东执笔的"艺术自释"中所说的："我们关心的是诗歌本身，是诗歌成其为诗歌，是这种由语言和语言的运动所产生美感的生命形式。我们关心的是作为个人深入到这个世界中去的感受、体会和经验，是流淌在他（诗人）血液中的命运的力量。"[1] 同时他们强调，应注重"生命的具体性、自足性、现时性和不可替代性"（韩东、于坚：《现代诗歌二人谈》）；因此，韩东呼吁中国诗人摆脱"卓越的政治动物"、"神秘的文化动物"和"深刻的历史动物"这三个"世俗角色"，[2] 由此显出强烈的文化消解的愿望。"他们"的诗歌信念的更明确表达，最终归结为韩东的一个多少受到误解的著名论断："诗歌以语言为目的，诗到语言为止，即是要把语言从一切功利观中解放出来，使呈现自身，这个'语言自身'早已存在，但只有在诗歌中它才成为了唯一的经验对象。"[3]

韩东的上述主张体现在创作上，较典型的作品是《有关大雁塔》和《你见过大海》，这两首诗均带有鲜明的针对性。前者潜在的消解目标是"朦胧诗"时期杨炼的组诗《大雁塔》，它用"有关大雁塔／我们又能知

（1） 见徐敬亚等编《中国现代主义诗群大展1986—1988》，第52页，同济大学出版社1988年版。
（2） 韩东：《三个世俗角色之后》，《百家》1989年第4期。
（3） 韩东：《自传与诗见》，《诗歌报》1988年7月6日。

道些什么"这一暗含劝阻意味的反诘，瓦解了杨炼诗中承载着民族沉重历史与记忆的"大雁塔"的象征意义，将之扁平化为一处平淡无奇的景物；并以游客"爬上去／看看四周的风景／然后再下来"的无趣，展示了现实人生的庸常与具体。后者以"大海"这个常常被赋予太多内涵和特征（辽阔、宽广、深邃）的物象为描写对象，却不是咏赞它或精细描绘它，而是反复用"你见过大海"、"就是这样"等似乎毫无意义的句子，阻止了人们对"大海"作深度探掘的可能；于是，"大海"同样成了平面化的、失去了任何历史负载和特殊内涵的物象。

韩东的诗歌大多句式单纯、语词简洁，采用符合其消解意旨的日常口语，在克制冷峻的叙述语气中透出某种讥诮：

　　月亮

　　你在窗外

　　在空中

　　在所有的屋顶之上

　　今晚特别大

　　你很高

高不出我的窗框

你很大

很明亮

肤色金黄

……

你静静地注视我

又仿佛雪花

开头把我灼伤

接着把我覆盖

以致最后把我埋葬

——《明月降临》

这首诗抒写了一个陈旧的主题："月亮"。不过，它对千百年来抒写月亮的习性和方式进行了逆反。在诗中，所有曾经寄寓于月亮中的文化、思想和情绪内涵都被抽空了，月亮成了一个极其普通的、平面化的、没有内涵的静物，高悬在空中，"很大"、"很明亮"，"静静地注视我"，如此而已。这种对意义的"抽空"影响了语词的运用，诗中对月亮的描写始终保持着不动声色的语气，没有夸饰与铺排。

在"他们"群体中，于坚是一位对诗歌抱有雄心的诗人。早年他以他所生活的云贵高原为背景，写过一些"高原诗"（如《河流》《高山》《横渡怒江》等）。这种地域文化的元素和氛围，在他写作取向发生转变后仍成为他诗歌中绵延不绝的滋养。在参加"他们"之前，他已开始自觉寻求诗歌表达方式的新变。其结果之一，便是题材的日常化、凡俗化和冗长的口语化句子的大量运用，《罗家生》《二十岁》《尚义街六号》和一系列冠以"作品××号"的诗作是这种努力的体现。这些诗歌，表现出对普通人生存状况和命运的关注。在这些作品的背后，以"个人"抗拒"集体"的压抑，以"日常"、"稗史"、"事件"、"细节"、"具体"抵制"正统"、"宏大"、"同一"、"抽象"的倾向得到了强化。他在1990年代所写的长诗《〇档案》和"事件"系列诗，延续了这样的写作路子。

于坚有一套固执的对文化和诗歌的理解。在文化观念上，他反对西化、浪漫主义和某种（故作的）高雅、深沉。在诗歌写作上，他对1980年代中后期诗歌中的个体生命意识和语言本体意识表示了极大的认同："诗歌已经到达那片隐藏在普通人平淡无奇的日常生活底下的个人心灵的大海。诗人们自觉到个人生命存在的意义，内心历程的探险开始了"，"这些诗使诗再次回到语言本身。它不是某种意义的载体。它是一种流动的语感。使读者可以像体验生命一样体验它的存在，这些诗歌是整体的，组合的，生命式的统一成流动的语感"。[1]他强调口语写作，认为"汉语的更丰富的可能性，例如它作为诗歌的非抒情方面、非隐喻方面，坚持从常识和经验的角度，非意识形态和形而上的而是生命的、存在的角度方面"，只有在口语写作中才得以保存；口语写作"软化了……变得坚硬好斗和越来越不适于表现日常人生的现时性、当下性、庸常、柔软、具体、琐屑的现代汉语，恢复了汉语与事物和常识的关系。口语写作丰富了汉语的质感，使它重新具有幽默、轻松、人间化和能指事物的成分"。[2]他的《一只蚂蚁躺在一棵棕榈树下》《一只蝴蝶在雨季死去》《一枚穿过天空的钉子》《啤酒瓶盖》《坠落的声音》等是他上述见解的例证。也许，于坚的最为人所知、也最富于争议的观点，便是他提出的"拒绝隐语喻"，基于"诗是一种消灭隐喻的语言游戏。

---

(1) 于坚：《诗歌精神的重建》，《棕皮手记》，第231、233页，东方出版中心1997年版。
(2) 于坚：《诗歌之舌的硬与软：关于当代诗歌的两类语言向度》，《诗探索》1998年第1辑。

对隐喻破坏得越彻底，诗越显出自身"[1]的说法，他试图对事物进行还原和重新命名：

> 当一只乌鸦　栖留在我内心的旷野
>
> 我要说的　不是它的象征　它的隐喻或神话
>
> 我要说的　只是一只乌鸦　正像当年
>
> 我从未在一个鸦巢中抓出过一只鸽子
>
> 从童年到今天　我的双手已长满语言的老茧
>
> 但作为诗人　我还没有说出过　一只乌鸦
>
> ——《对一只乌鸦的命名》

当然，重新命名是不可能完全排除隐喻成分的，也许它正是一个再次设置隐喻的过程。不难发现，在于坚的见解与实践之间常常出现罅隙，其理论表述也有本质化的趋向。

"他们"诗人群同"非非主义"诗派有两点相似之处，对语言自足性的兴趣和文化消解的冲动；尽管各自的向度颇为不同。这里，语言的自足性意味着诗人们不再关注语言之外的现实，甚至不在乎诗是否为诗，而将

---

(1)　于坚：《从隐喻后退》，《棕皮手记》，第247页，东方出版中心1997年版。

目光止于语言世界的营造；他们以各种方式进行着语言"幻觉"下"写作可能性"的探讨，将诗歌变成一种"不及物"写作。不可否认，这些努力在使他们充分领略语言带给写作的"自由"和挣脱语言束缚后的快感的同时，也不可避免地因语言"狂欢"导致语言"泡沫"的堆砌，最终使诗歌写作"蜕变为一种与主体的审美洞察无关的、即兴的制作"，[1] 从而淹没了诗歌本身。而他们的文化（历史、意义）消解的负面影响同样是明显的。这种消解式写作在1990年代的突出承继者有伊沙（1966—　　，原名吴文健）、贾薇（1966—　　）等。伊沙的《车过黄河》《结结巴巴》《饿死诗人》曾引起较大争议，这些诗的戏谑[图片]色彩（如《车过黄河》对"黄河"的神圣的消解）和口语风格无疑有着"他们"诗学的印迹。

吕德安（1960—　　）因许多重要诗作在《他们》上发表而被视为"他们"的成员。他和福州的一些诗人组成"星期五诗群"参加了1986年的诗群大展，由他执笔的"艺术自释"里谈到了这个诗群（其实也是他本人）

---

(1)　臧棣：《后朦胧诗：作为一种写作的诗歌》，载《中国诗选》第1辑，第350页，成都科技大学出版社1994年版。

的诗歌趣味："我们把星期五这个大家都清闲的日子命名于诗群。从某种意义上讲，这个名称跟我们写诗的动机有一定关系，即带有一种愉快的倾向。这也使我们尽量以平凡而简洁的态度让诗歌与生活处于正常的关系中。我们没有自称什么流派，近乎是为了能更自然地窥视出诗属于每个人自己的那部分。"[1]吕德安的诗歌多以自然、家园等为主题，有着质朴、单纯的品质。他善于借鉴民间谣曲的调式，使其诗显得舒缓而有韵致：

> 人们早早睡去，让盐在窗外撒播气息
>
> 从傍晚就在附近海面上的几盏渔火
>
> 标记着海底有网，已等待了一千年
>
> 而茫茫的夜，孩子们长久的啼哭
>
> 使这里显得仿佛没有大人在关照
>
> ——《沃角的夜和女人》

他这一时期产生了影响的诗作还有《父亲和我》《吉他曲》等。

---

(1) 见徐敬亚等编《中国现代主义诗群大展 1986—1988》，第 118 页，同济大学出版社 1988 年版。

王寅（1962—　）曾在《他们》上频繁地发表作品，几乎与《他们》创刊同时，他和孟浪（1961—2018）、陈东东（1961—　）等创办《海上》诗刊，以"海上诗群"参加了1986年的诗群大展。王寅无疑是一位迷恋语词的诗人，在他的诗作中充分显示了对语词的信任；他乐于按照自己的习惯遣词造句，从而形成了某种独特的构词法。他往往出人意料地"生造"一些令人耳目一新的词语组合，其中较多的是五个字的"的"字短语。譬如："白天的火光，免疫的失落／活着的面包，活着的清水"（《最近七年》），"狂乱的理智，痛苦的谦逊／诗歌的树木，革命的原型"（《当代时光或九月》）等。王寅的诗歌在语词选取上显出具象与抽象的两极：一类是叶子、花朵、微风、雨水、阳光、鸟儿等细碎的自然物象，一类是"风暴"、"泪水"、"命运"、"灵魂"、"黑暗"、"骨头"等抽象词汇；这两种语词取向体现了王寅诗歌的"旁观"与"审视"两种姿势。孟浪这一时期的诗歌有明显的超现实主义意味，语词间的跳跃性很大："一个苹果里的半个梦／造成半个／苹果。粗钝的列车切开／整座果园"（《雄辩的过程》）；他的《世俗生活：必要的沦陷》一诗似乎隐含着他的诗歌观："最后的目的地就是此地。你们／比兽类更饥饿吗／从你们当中取出的那部分／停顿，在你们身边／消化。你们使用复杂的胃／赶开的村落，城市／斑斑驳驳"，尖锐与驳杂共存。

陈东东先后参与了《海上》《倾向》《南方诗志》等民刊的创办，其中《倾向》成为1990年代倡导"知识分子精神"的重要阵地。对于陈东东而言，"写作作为逃逸的激情，是精神的历险，可能的白日飞升和从自我向无限展开的翅膀"，"是一种让灵魂出窍、让思想高飞、让汉语脱胎为诗歌音乐的梦幻主义，一种忘我抒写的炼金术"。[1] 在写作中他十分重视词语自身的力量，曾坦言："我真正关心的不是思想，不是通过写作说出的东西，而是写作本身，是语言，是语言升华中诗篇的诞生。我的出发点通常是一个词、一个语调、靠呼吸把握的一种节奏。对我来说，写作的迷人之处在于，它是无目的的、漫游式的，从一个出发点抵达的绝不是终点，而是另一个未曾预料的出发点。"[2] 他在《点灯》一诗中表明，他信任语言的命名和凝聚功能："点灯。当我用手去阻挡北风／当我站到了峡谷之间／我想他们会向我围拢／会来看我灯一样的／语言"。陈东东的诗歌主题

(1)　陈东东：《明净的部分·自序》，第2页，湖南文艺出版社1997年版。
(2)　见陈东东《词的变奏》"后记"，东方出版中心1997年版。

朝向两个方面：一是基于语词的幻景的呈现，一是对他所置身的上海都市景象的冥思。他的诗里洋溢着诗人钟鸣所认为的"典型的南方气质：湿润，秀雅，细腻，敏感，多疑而不失飘逸"[1]，这些构成了陈东东诗歌的内在质地。他 1980 年代的诗歌——借用他一部诗集标题里的一个词——显得"明净"、纯粹，具有古典主义的唯美倾向，语词间渗透着某种音乐性：

> 黑暗中顺手拿一件乐器。黑暗里稳坐
> 马的声音自尽头而来
>
> ——《雨中的马》

进入 1990 年代以后，他的诗歌写作沿着长诗《夏之书》（1987 年）的路子，开始处理更为驳杂的现实场景，如《解禁书》等。

在诗歌社团活动颇为活跃的上海，一度产生影响的诗歌社团还有"城市诗"派、"撒娇派"等。"城市诗"派由四位诗人组成：宋琳（1959— ）、张小波

---

[1] 钟鸣：《扩散的经验》，见陈东东诗集《海神的一夜》"代序"，改革出版社 1997 年版。

（1963—　）、孙晓刚（1961—　）、李彬勇（1962—　）。他们参加1986年诗群大展的"艺术自释"表述了他们的兴趣所在："1，关注城市文化背景下人的日常心态（包括反常心态），促成了诗与个体生命的对话，容易变得琐碎或失去崇高。2，艺术地创造'城市人工景象'，使符号呈现新的质感，有可能失去自然的原始亲近。3，反抒情和对媒介的不信任，在语言上表现出看上去混乱和无序的状态。"[1] 随后他们不失时机地推出了诗歌合集《城市人》（1987年）。正如评论家朱大可在这部诗集序言里所描述的："张小波是头焦灼咆哮、野性十足的牡狼，宋琳更像踩着无声肉垫、神情诡秘的哲学狐狸，孙晓刚具有甜媚的猫的习性，李彬勇接近某种鹰隼，长着逃避城市栖息丛林的羽翼和多情的喉咙"[2]。《中国门牌：1983》《城市波尔卡》（宋琳）、《钢铁启示录》《这么多雨披》（张小波）、《南方，有一座美丽的城市》《黑皮肤城市》（孙晓刚）、《城市夜歌》《东方，一个夏天》（李彬勇）等，是他们的代表性作品。

---

[1]　见徐敬亚等编《中国现代主义诗群大展1986—1988》，第390页，同济大学出版社1988年版。

[2]　朱大可：《序：焦灼的一代和城市梦》，《城市人》，第2页，学林出版社1987年版。

"城市诗"派中，宋琳的诗歌一直保持着一种纯正、典雅的风格，在一种看似柔和、闲适的抒写中，蕴含了对当下现实的隐秘的敏感，并显示了对微小事物的尊崇与悲悯。他于1990年代初出国，由于长期身处异域，宋琳借助一种类似于自我对话的训练和对写作本身的专注，在他的诗歌中将流亡转变为一种漫游，并伴随漫游而衍生了一种"看"的诗学：

> 但你终究是一旁观者——看
> 是你介入世界的最佳方式
> 因为失去了本质关联的世界
> 需要你，更快，更勇敢
> 一个人去构成一片风景
> 看就是变化。看不见的
> 成为预感潜入不安的肉体
> 而不变的是才人代谢的定律
> 是为永恒而调动的心

同时，他十分重视诗歌的音韵，提出"韵府是记忆的旧花园"的主张，他还呼吁"朝向词根挖掘"，将探寻目光投向了华夏文明的源头；试图从汉语的根性出发拓展诗境，其诗学努力显得别致而孤绝。

　　"撒娇派"参加1986年诗群大展时，发表了一个幽默气十足的"宣言"："活在这个世界上，就常常看不惯。看不惯就愤怒，愤怒得死去活来就碰壁。头破血流，想想别的办法。光愤怒不行。想超脱又舍不得世界。我们就撒娇。"[1] 这多少显示了他们的文化姿态和写作动机。其成员有京不特（1965—　，原名冯骏）、默默（1964—　，原名朱维国）等，他们的诗歌写作带有与其"玩世不恭"的文化姿态相应的嬉戏成分："瞄准世界吗／世界是无辜的／它甚至比枪出现得更早"（京不特《瞄准》），可以说是1980年代氛围的特有产物。

　　这一时期，值得一提的诗歌社团还有北京的"圆明园诗群"（成员有雪迪、黑大春、殷龙龙等）、杭州的"极端主义"诗群（成员有梁晓明、余刚等）。雪迪（1957—　）的诗歌有严谨的句式、冷峻的色调，字里行间弥漫着深沉的思绪："你是一个优美的伤口／你是黄昏的钟／敲响我们的身体／凝集在往日里的血／穿透疼痛回来"（《云》）。黑大春（1960—　）看重诗歌的

（1）　《撒娇宣言》，见徐敬亚等编《中国现代主义诗群大展 1986—1988》，第175页，同济大学出版社1988年版。

歌唱性，他的为人熟知的《圆明园酒鬼》里如此吟诵："这一年我还常常从深夜一直喝到天亮／常常从把月亮端起来一直喝到把星星的酒滴喝光／只是，当我望着那根干枯在瓶中的人参的时候／就好像看到了我那把死后的骨头"。殷龙龙（1962—　）的诗歌有着别致的品质，他似乎属于那种靠直觉写作的诗人，当人们读到他的诗句——"野草漫过人民的腰／只有你的作品广袤"，无法不为之惊讶、动容。他的诗歌是对日常生活的直陈与敞开："我的家毫无诗意，／想看看它的样子吗？／微胖，邋遢，充满喧闹，／简直是一盘刚炒的麻豆腐"（《暖冬，几首诗》）。其《单门我含着蜜》一诗更是充满了自况和自省的直接："什么也封不住我的嘴，黄土已上前胸／丝瓜藤，刀，门框，它们挂着情人的耳环"。他曾解释自己的诗是"喧哗退尽，露出里面的沙子、石头和流水。露出我们与生俱来的疾病"[1]，在他穿梭于历史与现实叙述的近作《肖家湾的草稿》中，种种奇特的譬喻、充满直感的意象、错落的句式以及箴言式的表达随处可见，堪称其集大成之作。梁晓明（1963—　）善于从日常生活中的细小事物发掘诗的契机，如《各

（1）　见《结识殷龙龙》，《诗刊》2002 年 9 月下半月刊。

人》："我们各人各拿各人的杯子／我们各人各喝各人的茶／……／各人说各人的事情／各人数各人的手指"。

余刚（1956—　）的诗具有"极端主义"这个名号所暗示的不由分说的"极端"性："没有什么地方不可以走过去／这就是思想，是飞鸟／掠人之美的声音"（《我的话》）。此外，阿吾（1963—　，原名戴大魏）等倡导的"不变形诗"或"反诗"写作曾产生过一定反响，他们追求诗的"不变形"和客观化风格，推出的作品有《相声专场》《对一个物体的描述》等。

5

"黑夜意识"和女性诗歌

　　无论如何，1980年代"女性诗歌"的兴起并成为显著的议题，是与"新生代"（或"第三代"）诗歌的蜂拥而起密不可分的。在一定意义上，正是后者突出的生命意识、自我意识大大地启发了"女性诗歌"作为个体的性别意识和角色意识。尽管在"朦胧诗"时期，舒婷、王小妮等女性诗人以自身的视角和笔触，反思了女性在社会和历史中的处境与命运，但女性个体的真正觉醒只是在几年后才得以实现。当然，王小妮（1955—　）的写作也许有所不同，她虽然被视为"朦胧诗"人，但她的"印象主义"写法在同时期诗歌中显得颇为别致。如《我感到了阳光》："我不知道还有什么存在／只有我，靠着阳光／站了十秒钟"。她后来的诗歌写作在此基础上逐渐拓展、潜深以至纯熟，不少诗作善于发掘日常生活的诗意，于拙朴中见机智、平淡中见深邃。

一般认为，"女性诗歌"作为议题的出现是以翟永明（1955— ）的组诗《女人》（1984年）为标志的。评论家唐晓渡在评析这组诗时指出：就"女性诗歌"而言，"追求个性解放以打破传统的女性道德规范，摈弃社会所长期分派的某种既定角色，只是其初步的意识形态；回到和深入女性自身，基于独特的生命体验所获具的人性深度而建立起全面的自主自立意识，才是其充分体现。真正的'女性诗歌'不仅意味着对被男性成见所长期遮蔽的别一世界的揭示，而且意味着已成的世界秩序被重新阐释和重新创造的可能"，"如果说翟永明是通过'创造黑夜'而参与了'女性诗歌'的话，那么可以期待，'女性诗歌'将通过她而进一步从黑夜走向白昼"。[1]唐晓渡这里提到的"创造黑夜"，是翟永明在发表《女人》组诗时为之所写的序言《黑夜的意识》中的关键语汇之一。在这篇自我告白式的短文里，翟永明提出：

　　　　作为人类的一半，女性从诞生起就面对着一个完

----

(1)　唐晓渡：《女性诗歌：从黑夜到白昼——读翟永明的组诗〈女人〉》，《诗刊》1987年第2期。

全不同的世界，她对这世界最初的一瞥必然带着自己的情绪和知觉，甚至某种私下反抗的心理。她是否竭尽全力地投射生命去创造一个黑夜？并在各种危机中把世界变形成一颗巨大的灵魂？事实上，每个女人都面对自己的深渊——不断泯灭和不断认可的私心痛楚与经验——远非每一个人都能抗拒这均衡的磨难直到毁灭。……女性的真正力量就在于既对抗自身命运的暴戾，又服从内心召唤的真实，并在这充满矛盾的二者之间建立起黑夜的意识。[1]

这一告白意味着，1980年代"女性诗歌"的重要支点是"黑夜的意识"，即一种幽暗的生命意识；诗人们通过它，重新建立起自我与世界的某种关联：

世界闯进了我的身体

使我惊慌，使我迷惑，使我感到某种程度的狂喜

——翟永明《女人·世界》

在夜晚一切都会成为虚幻的影子

---

[1] 翟永明：《黑夜的意识》，见吴思敬编选《磁场与魔方——新潮诗论卷》，第140—141页，北京师范大学出版社1993年版。

甚至皮肤 血肉和骨骼都是黑色

——唐亚平《黑色沙漠·黑夜〔序诗〕》

正是生命意识的觉醒，使得"女性诗歌"首先呈现为一种关于女性自我的袒露与倾诉：

我，一个狂想，充满深渊的魅力

偶然被你诞生。……

——翟永明《女人·独白》

你猜我认识的是谁

她是一个，又是许多个

在各个方向突然出现

又瞬间消隐

——伊蕾《独身女人的卧室·镜子的魔术》

这种对"镜子中的我"的自恋式观看，展现了自我在孤寂中的分崩离析的状态。

更多时候，"女性诗歌"展现的是女性自己的身体："我是软得像水的白色羽毛体"（翟永明《女人·独白》），"世界／它的右侧骤然动人／身体原来／只是一栋烂房子"（王小妮《半个我正在疼痛》）。自我与身体，其实是"女性诗歌"议题中一而二、二而一的核心。尽管脆弱与短暂，身体仍会被视为女性生命的据点："我的身体成为世界的依据，有什么比身体更可靠呢，有什么比身体更亲近自己和神明呢，我的身体所触及的每一件事物都启发我的性灵赋予它血肉，使之成为我身体的延伸……"[1]在那些女性书写者那里，身体更灵敏和富于变化。"我身上气象万千／摸不准阴晴／一场细雨湿不透心／腋窝里长出一朵白菌"（唐亚平《身上的天气》），以至于她们如此喊道："让我的灵魂睡去／让肉体睁大眼睛"（伊蕾《草坡上的小巢》）。不能不说，这是1980年代诗歌场景中的独特景观。

对于女性诗人而言，身体的崭露似乎成了她们书写自我的最初也是最终的手段："肉体正是自我撤退中最后的领地。如果说写作中的女人（尤其是写诗的女人）比别的女人更容易感到她们的身体，这是因为她们无路可走，此时的欲望是被语言调动起来的，是被编入语言的网络之上，供奉在词语的圣坛上的。"[2]也许，在诗人

（1）　唐亚平：《我因为爱你而成为女人·身体》，《黑色沙漠》，第220页，春风文艺出版社1997年版。
（2）　崔卫平：《苹果上的豹·编选者序》，第7页，北京师范大学出版社1993年版。

们看来，只有活生生的身体，只有身体的丰富性、具体性，才成为女性自我书写的依据："在每一个灵魂的故事背后，总有一个肉体的故事"，而"诗歌的语言从活人的唇边滔滔流出，其中必定夹杂着许多特定的方言、俚语、俗语、个人身体的语言或与身体（时空）有关的语言及象征"。[1] 于是，那些女性诗篇中充盈着身体展示的段落：

> 四肢很长，身材窈窕
> 臀部紧凑，肩膀斜削
> 碗状的乳房轻轻颤动
>
> ——伊蕾《独身女人的卧室·土耳其浴室》

以及具有私密色彩，能够表达独有的女性经验、体现女性特征的语汇，如"黑夜"、"深渊"、"洞穴"、"房间"、"窗帘"、"睡裙"、"镜子"，等等。

这种情形，大概正应和了当代西方女性主义学者埃·西苏的倡导："妇女必须通过她们的身体来写作"，"必须把自己写进本文"，因为"她通过身体把自己的

（1）　崔卫平：《在诗歌中灵魂用什么语言说话》，《诗探索》1995年第3辑。

想法物质化了；她用自己的肉体表达自己的思想。"[1]西苏认为，女性书写的最终目的，是借助女性身体的灵敏性和变化性，"摧毁隔阂、等级、花言巧语和清规戒律"（这些显然来自男性），从而"开创一种新的反叛的写作"。这样，西苏为女性写作设置了一个基本的姿态——反抗；当然这种反抗首先体现为身体的抗争，亦即站在男性（男权）的对面，通过去掉镌刻在女性身体上的男性印痕，解除相应的男性目光和话语钳制，在摆脱后者对女性身体的想象与束缚后，确立女性自我及其话语和句法。

不过，应当指出的是，尽管1980年代"女性诗歌"在对身体的大量展示中，更加看重以女性身体特有的经验、姿势和感觉方式进行书写，并不具备西苏倡导的反抗式女性写作的激烈姿态，但其所蕴含的女性意识、女性自我确立的吁求，仍然是立足于明晰的性别界限、在抗拒以男性为主体的社会习俗的环绕之际展现的："对着命运，犹如孩童／对着玩具镜中的风景／被一只手操持，陌生而激动"（林雪《紫色》）。不言而喻，其间渗

（1）　埃·西苏：《美杜莎的笑声》，见张京媛主编《当代女性主义文学批评》，第193—195页，北京大学出版社1992年版。

透着某种强烈的被缚感："我被围困／就要疯狂地死去"（伊蕾《被围困者·主体意识》）。由此一个值得思索的命题是：女性书写中自我的获得究竟需要什么样的条件——是一种主体身份的自由、平等，还是两性身体差异、性别差异的抹平？

无可否认，身体的崭露深刻地影响了女性诗歌的文本构造。那暧昧的怨诉气息（不同于一般意义的纤弱、细腻之类和人们常提到的"自白"），那奇异而富于想象的幻象，那清脆的语感节奏，那源自直感的词语组合，那异彩多样的调式和风格，使得"女性诗歌"不仅能够与同时期的男性写作分庭抗礼，而且也与前辈女性的诗歌区别开来。这里，虽然不能简单地将"女性诗歌"视为1980年代文化对抗运动的一部分，但也不必过分强调它们在抵制性别政治方面所做的努力，即它们通过惊世骇俗的身体展示进行反抗的社会含义；而是应从身体凸显的历史语境出发，构建包含女性身体特殊经验方式与独特文体形态的性别诗学。当然，用身体写作并非1980年代"女性诗歌"的全部，更紧要的问题或许是，如何站在女性自身的立场，提出并书写更深的切入人性本身的主题：

从此窗望出去
你知道，应有尽有
无花的树下，你看看
那群生动的人

把发辫绕上右鬓的
把头发披覆脸颊的
目光板直的、或讥诮的女士
你认认那群人，一个一个

谁曾经是我
谁是我的一天，一个秋天的日子
谁是我的一个春天和几个春天
谁？谁曾经是我

我们不时地倒向尘埃或奔来奔去
夹着词典，翻到死亡这一页
我们剪贴这个词，刺绣这个字眼
拆开它的九个笔画又装上

人们看着这场忙碌

看了几个世纪了

他们夸我们干得好，勇敢，镇定

他们就这样描述

你认认那群人

谁曾经是我

我站在你跟前

已洗手不干

——陆忆敏《美国妇女杂志》

这种带着特有女性气息的质询，体现了前代女性诗歌不曾有的深切。

在1980年代"女性诗歌"中，翟永明的诗显示了不可替代的影响力，它们既有对个体经验的刻骨铭心的抒写，又超越了狭隘女性观念的框限，充满自我反省的主题有效地为一种富于激情、灵活多变的语式所传达。除《女人》之外，她还完成了多部组诗如《静安庄》（1985年）、《人生在世》（1986年）、《死亡的图案》（1987年）、《称之为一切》等。伊蕾（1951—2018，原名孙桂贞）的诗以大胆的自我倾诉而引人瞩目，她的《独身女人的卧室》（组诗）得到了毁誉参半的评价，她的诗中总是潜隐着一个男性对话者，在《叛逆的手》《被围困者》《三月的永生》等诗篇中，她以"叛逆"的姿态、暗含嘲讽的语气向对话者进行追问。唐亚平（1962—　）因惊世骇俗的组诗《黑色沙漠》引起反响，这组诗以《黑夜》作为序诗和跋诗，"黑色沼泽"、"黑色眼泪"、"黑色犹豫"、"黑色金子"、"黑色洞穴"等贯穿各个标题的"黑色"，格外惹人眼目；她在《意外的风景》里称"死亡是我期待已久的礼物"，在《死亡表演》里将死描述为"一种欲望一种享受"，渗透着深刻的讽喻。陆忆敏（1962—　）的诗因节制而简洁、从容，显出对语词的罕见敏感，这与她内心的敏感是一致的；她曾如此谈论自己的诗："我的诗有的是催眠式的，娓娓的。有的犹如低声胁迫，比高声大嚷更为有力，更意味深长。有的仿佛站在那里，用眼睛里面的黑色（或咖啡色）瞳仁向你微笑；有的则和你很亲近，拍拍你的面颊（或肩膀），然后又转身走掉"[1]，代表性作品有《美国妇女杂志》《Sylvia Plath》《出梅入夏》《温柔地死在本城》等。童蔚（1956—　）的诗有一种童稚的梦幻感

（1）　见唐晓渡、王家新编选《中国当代实验诗选》，第74页，春风文艺出版社1987年版。

和某种不易觉察的尖锐，她的小型组诗《夜曲》中有这样的句子："夜，漫步白发的天空／更嘹亮，走在它的心弦上／／犹如心尖上，琴弓／装入苍老的琴箱"，给人如梦似幻的感觉。林雪（1962— ）的诗以凝练的文字、充满奇诡的想象和新异的暗喻而独具魅力，不时闪现一些令人惊艳的片段："这个夏夜不可名状。我颓然倒下／与你并肩独特的姿势／在一种幻觉里时时改变／……／她下楼的第一步就急遽地老去／她的嫁衣如焦脆的叶子破碎／爱她的人无计可施"（《渴睡》）。

进入1990年代以后，曾经套在"女性诗歌"之上的种种标签式光环淡去了，一种试图超越性别的趋向闪现于此际的女性诗歌写作中。翟永明坦陈："从表面看，我试图在每一组组诗或长诗之间形成一种张力，在词语与词语之间，在材料与主题之间寻找新的冲突，我毫不怀疑我获得作品中表达出来的幻想力，与个人经验相契合的能力，我可以把这种能力用到底……但长期以来潜伏在我写作中的疑惑恰恰来自《女人》的完成以及'完成之后又怎样？'的反躬自问。我逐渐开始意识到一种固有语汇于我的危险性"；她自认为"完成了久已期待的语言的转换"，"带走了我过去写作中受普拉斯影响而强调的自白语调，而带来了一种新的细微而平淡的叙说风格"。[1]

1980年代女性诗歌的重要诗人王小妮，90年代之后的写作越来越坚实、开阔与丰厚。她对诗歌有过如此体认："我想我自己的诗应该走这样的路：一个是语言返回自然，用大量的口语入诗；还有一个是追求意象的直觉感，也就是可见性；另外就是结构上的，反对矫揉造作，寻求意识的近于原始性的流露，最后就是加强诗的内在容量，加强诗的凝固性、浓缩性。"[2]多年以后，她仍然坚持相似的看法："诗人应该以潜在的个体意识吸纳万物。诗人必须小心地释放自己。我一直主张诗的自然与流畅，在最平实的语言中含着灵魂的翅膀，是一个诗人自有的空间。"[3]不过，与她早期（"朦胧诗"时期）诗歌中的"印象主义"写法相比，王小妮90年代的写作出现了不小的变化，确如有论者所描述的："王小妮的诗歌修辞一方面致力于对词语与事物的去象征化，另一方面又力图使去象征的词与物重新变成隐喻。"[4]她

---

(1) 翟永明：《〈咖啡馆之歌〉以及以后》，《纸上建筑》，第203、204页，东方出版中心1997年版。

(2) 见《请听听我们的声音——青年诗人笔谈》，《诗探索》1980年第1辑。

(3) 王小妮：《诗人必须小心地释放自己》，《光芒涌入：首届新诗界国际诗歌奖获奖特辑》，第391页，新世界出版社2004年版。

(4) 耿占春：《失去象征的世界》，《新诗评论》2005年第1辑。

善于将一种对日常事物的直感转化为沉潜的内心思辨，诗情饱满、境界宽阔，于拙朴的表达中见机智，看似平淡的语词不失深邃与锐利：

> 这是多么让人惊讶的早晨
>
> 我同时看见两个我。
>
> 窗外的鱼们都是柔软的一体
>
> 连衣襟都用扣子相连。
>
> 但是
>
> 我是刚被剖开的流水的石榴。
>
> ——《我没有说我要醒来》

她这一时期的几个组诗《会见一个没有了眼睛的歌手》《和爸爸说话》《我看见大风雪》等，均为极见功力之作。

6

转型期的诗歌场域

　　1980年代后期至1990年代初是中国诗歌的转型期。1989年3月，年仅25岁的诗人海子（1964—1989，原名查海生）在山海关卧轨自杀，随后不久28岁的诗人骆一禾（1961—1989）病逝；两年后的秋天，同样年轻的诗人戈麦（1967—1991，原名褚福军）自沉于北京西郊的万泉河，成为又一位"殉诗"者。在此，"诗人之死"无疑成为一种象征，不仅意味着诗歌和诗人在急剧变化的社会文化中的命运与处境，而且预示着中国诗歌内部也已经出现了某种转变。

　　海子离世后，他的诗友西川如此评价海子："单纯、敏锐，富于创造性；同时急躁，易于受到伤害，迷恋于荒凉的泥土，他所关心和坚信的是那些正在消亡而又必将在永恒的高度放射金辉的事物。"[1] 的确，海子是一位有着宏大抱负的诗人，他想学习但丁"将中世纪经院哲学体系和民间信仰，传统和文献，祖国与个人的忧患以及新时代的曙光——将这些原始材料化为诗"；他声称："我的诗歌理想是在中国成就一种伟大的集体的诗……只想融合中国的行动成就一种民族和人类的结合，诗和真理合一的大诗"，"伟大的诗歌，不是感性的诗歌，也不是抒情的诗歌，不是原始材料的片断流动，而是主体人类在某一瞬间突入自身的宏伟——是主体人类在原始力量中的一次性诗歌行动"。[2] 海子关于"诗歌行动"的说法得到了骆一禾的认同，他认为："带有灵性敏悟的诗歌创作，是一个比极易说得无以复加的宣言更为缓慢的运作，在天分的一闪铸成的艺术整体的过程中，它与整个精神质地有一种命定般的血色，创作是在一种比设想更艰巨的、缓慢的速度中进行的。"[3] 骆一禾追求的是一种宽广的诗歌，他坚持诗的精神高度，要

---

(1)　西川：《怀念》，见周俊、张维编《海子、骆一禾作品集》，第308页，南京出版社1991年版。

(2)　海子：《诗学：一份提纲》，《海子诗全编》，第898页，上海三联书店1997年版。

(3)　骆一禾：《美神》，《骆一禾诗全编》，第840页，上海三联书店1997年版。

求诗歌保持对"宇宙大真理和万物之美"的执着探寻。海子、骆一禾对诗歌的严肃庄重的态度，在处于转型期的中国诗界显得孤绝、悲壮。

正如骆一禾所说，海子"锤炼了从谣曲、咒语到箴言、律令的多种诗歌语体的写作经验"[1]，这使得海子的短诗具有明朗、纯净、富于想象力等特点，长诗显得结构宏阔、意象芜杂。海子一生创作了三百余首抒情诗，《土地》《弥赛亚》《遗址》三部长诗，以及诗剧《太阳》等数百万文字。海子的诗里贯注了某种似乎与生俱来的纯真品性，带着这份纯真的激情，他尽情地歌颂麦子、土地和阳光："麦地／别人看见你／觉得你美丽，温暖／我则站在你痛苦质问的中心／被你灼伤／我站在太阳 痛苦的芒上"（《答复》），"阳光打在地上，阳光依然打在地上"（《歌：阳光打在地上》），也是带着这份纯真，海子走向了他的归宿："死亡之马啊，永生之马，马低垂着耳朵／像是用嘴在喊着我——那传遍天堂的名字"（《土地》）。有时，这纯真里浸透着宿命的悲哀："亚洲铜，亚洲铜／祖父死在这里，父亲死在这里，

（1）　骆一禾：《冲击极限——我心中的海子》，《骆一禾诗全编》，第858页，上海三联书店1997年版。

我也会死在这里／你是唯一的一块埋人的地方"（《亚洲铜》）。在一首《思念前生》的诗中，海子进入了如同庄子的恍惚境界："庄子在水中洗手／洗完了手，手掌上一片寂静／庄子在水中洗身／身子是一匹布／那布上沾满了／水面上漂来漂去的声音"。他的诗里总是充满了这样的忧郁的梦幻气息："远方只有在死亡中凝聚野花一片／明月如镜高悬草原映照千年岁月／我的琴声呜咽 泪水全无／只身打马过草原"（《九月》）。海子的抒情短诗是属于歌唱型的，他善于有效地吸纳谣曲的调子和节奏，在自己的诗中发展了一种轻快的飞升的音调和一种直接的箴言般的语式：

> 在春天，野蛮而悲伤的海子
>
> 就剩下这一个，最后一个
>
> 这是一个黑夜的孩子，沉浸于冬天，倾心死亡
>
> 不能自拔，热爱着空虚而寒冷的乡村
>
> ——《春天，十个海子》

同海子一样，骆一禾也倾心致力于长诗的写作，先后完成了《世界的血》《大海》两部长诗。与海子的热烈相比，骆一禾是理性、沉静的，虽然他的不少诗显出

雄伟、壮阔的气势："风中，我看见一副爪子／站在土中，是／黑豹。摁着飞走的泥土，是树根／是黑豹。泥土湿润／是最后一种触觉／是潜在乌木上的黑豹，是／一路平安的弦子／捆绑在暴力身上／是它的眼睛谛视着晶莹的武器"（《黑豹》）。骆一禾有着深广的对于生命、历史、文化、语言的洞见，他看重诗的"高迈、宽阔"（洪子诚语）和纯正的品性，提出了"修远"这一接续着中国古代士大夫（比如屈原）气质的诗艺主张："触及肝脏的诗句 诗的／那沸腾的血食／是这样的道路。是修远／使血流充沛了万马，倾注在一人内部／这个人从我迈上了道路／他是被平地拔出"（《修远》）。在骆一禾的生命、文化观念里，有一种明显的"大黄昏"意识："我感受吾人正生活于大黄昏之中，所做的乃是红月亮流着太阳的血，是春之五月的血，不管怎样，封建构架于我的精神上束缚最小，你我并非龙的传人，而是获得某种个体自由的单子，吾人的力量有限，如初游的蝌蚪，但活泼泼的生命正属我身，这也是我们所能依凭的唯一的东西。"[1] 这"大黄昏"里包含了骆一禾深重的

（1） 骆一禾：《水上的弦子》，见《骆一禾诗全编》，第830页，上海三联书店1997年版。

文化关怀：

哦 黄昏抵在胸口上

积雪在长风里

衰落着光

我的心在深渊里沉重地上升着

好像一只

太大的鸟儿

——《大黄昏》

令人惋惜的是，骆一禾的"修远"理想因他的英年早逝，加上时代转型的滚滚洪流，而被迫终止，逐渐烟消云散。

更为年轻的诗人戈麦，他的很多诗篇，体现了一个敏感的写作者所感受到的时代急剧变化给人带来的惊悸与不安。可以说，戈麦以一种细腻的、极具直觉的笔触，写出了时代转型期的某种心理阵痛或内心的无边沉痛；一定程度上契合了诗人欧阳江河在稍后的一篇文章里所说的，那种疼痛让"任何来自写作的抵销都显得不足轻重"[1]。不过值得注意的是，戈麦对于时代之痛的书写不是直接的，而是将那种痛感转换为一种个人的内在体验，以个人化的视角展现出来，给人的感觉是那么真切而有力。戈麦的诗歌既植根于80年代的社会现实，又有一种于时代变动中朝向90年代的渴盼与预期；那个时期社会文化的许多深刻变化，都隐然在戈麦的诗歌中留下了印痕：

　　　　要是我们能用年轻的巨布蒙住这匹

　　　　日夜奔向大海的马的眼睛，它一定会

　　　　安详地跃入这片无声无息的海洋

　　　　我们密致的皱纹是大海激起的波浪

　　　　要是我们能把一生中所有的过失

　　　　都分割成一小段、一小段的电影片子

　　　　其中一定会有一条耀眼的线索，那就是我们的

　　　　年龄，它紧紧地系住我们所有错误的开始

　　　　　　　　　　　　——《我们日趋渐老的年龄》

---

(1)　欧阳江河：《1989年后国内诗歌写作：本土气质、中年特征与知识分子身份》，初载《南方诗志》1993年夏季号，后载《花城》1994年第5期，引自《站在虚构这边》，第51页，三联书店2001年版。

此外，同样英年早逝的诗人胡宽（1952—1995），经过大量隐秘的具有探索意识的写作之后，也在此际以一种尖利的笔触，写出了于时代转换语境中感受到的无以名状的"惊厥"："你是我的赌注我的幻觉，你是一口光明的／陷阱，一具神圣的遗骸，／是我眼中至高无上的永恒天穹，我魂灵／的依附品，生命的傀儡"（《生命里不允许杂质混迹其中》），以此磨砺、触探着人们的灵魂。

在一首写于1990年代初的短诗《楼梯上》中，诗人朱朱以简洁的笔法写道：

> 此刻楼梯上的男人数不胜数
> 上楼，黑暗中已有肖邦。
> 下楼，在人群中孤寂地死亡。

这首诗中的"楼梯"是一个界标：既区分了两种相对的人生状态，又作为隐形的界限划开了两个年代。在1990年代初中国社会生活进入全面转型的历史氛围中，不仅诗人，而且整个文学界、知识界，都处于一种令人尴尬的"楼梯上"的境地：是向上领略"黑暗中的肖邦"，还是"在人群中孤寂地死亡"？这成了一个无法回避的"To be，or not to be"的悬问。确如诗论家陈超所表述的："从生命的源始到天空的旅程，就建置在不是'向前'而是'向上'的诗歌'桥梁'上"，"在危险的生存向'下'的黑色涡流里，诗歌就充任了向'上'拔的力量。"[1]这一时期，在一定程度上能够标识中国诗歌转向的重要文本如《帕斯捷尔纳克》（王家新）、《傍晚穿过广场》（欧阳江河）等相继发表，它们折射了这个年代"终于能按照自己的内心写作了/却不能按一个人的内心生活"的整体时代情境和写作本身的根本境遇，彰显了诗人们充满忧思而不无决绝地向历史告别的心境：

> 永远消失了——
>
> 一个青春期的、初恋的、布满粉刺的广场。
>
> 一个从未在账单和死亡通知书上出现的广场。
>
> ——《傍晚穿过广场》

---

[1] 陈超：《从生命源始到天空的旅程》，见《生命诗学论稿》，第2页以下，河北教育出版社1994年版。

这不仅是向作为历史、人生时段的"青春期"告别，而且试图向诗歌写作的"青春期"告别。

这些悄然出现的诗篇，暗示着这一时期诗歌的某种潜在变化，它们为后继的写作开辟了一条新路向，即语词对于时代的穿越和介入。有别于1980年代中期民刊蜂起的情形，此际诗人们自发印制诗歌刊物是在一种静悄悄的状态下进行的，其中产生了重要影响的有：芒克、唐晓渡等发起并创办的大型诗刊《现代汉诗》，王强等主办的《大骚动》诗刊，阿吾主持的《尺度》，臧棣、西渡、戈麦等创办的《发现》，何首乌主编的《中外诗星》，车前子等编的《原样》等。[1] 值得关注的是沉寂多年的《今天》在海外复刊。这些民刊展示了诗歌刊物的新景象，与1980年代中期民刊蜂起的情形形成了既承续又相异的关系，前者以坚实的面目祛除了后者的浮泛形象。

毫无疑问，中国诗歌面临着一次结束与开始。1991年5月，一场名为"1991：中国现代诗的命运与前途"，被称作1990年代首次重要会议的诗歌讨论会在北京大学举行。在会上，谢冕的《苍茫时分的随想》、

---

(1) 刘福春：《新诗记事》，第485页以下，学苑出版社2004年版。

孙玉石的《寂寞和突破的时刻》等发言给人留下了很深的印象，老诗人牛汉也激动地宣称中国诗歌已进入"最伟大的时刻"。他们的发言鲜明地体现了某种转换"时刻"的意识。谢冕的发言和次年他为香港某诗刊所写的专论《中国循环——结束或开始》，都谈到了"现代诗的自我调整"问题。谢冕认为："要是说目前我们正在从一个结束走向一个开始，这个开始可能就是由热情向着冷静，由纷乱向着理性的诗的自我调整"，"转换的局面无可挽回地到来了。……我们看到所谓的理想主义创作，其间浪漫激情的重现，因现实苦难的嵌入而变得更为辉煌。它因富有现世的投入精神，而使那些理想增添了沉重感。诗在以往十年的艺术回归基点上切入人生。它所呈现的人生图景惊心动魄"。[1]这样的概括基本上是符合当时诗歌实际的。

值得注意的是这时期还有一些关于诗歌发展的特别声音发出。如1940年代富有诗名的老诗人郑敏（1920—　），1980年代后的诗歌创作极具穿透力，此际她写出了给人印象深刻的大型组诗《诗人与死》，该

（1）　谢冕：《中国循环——结束或开始》，见《中国诗选》总第1期，第292页、296页，成都科技大学出版社1994年版。

诗通过对死亡、时间的形而上沉思与追问，发出了"你的最后沉寂／你无声的极光／比我们更自由地嬉戏"这一混合着愤懑与诅咒的叹咏。与此同时她还提出了新诗"汉语性"，虽然也引起了一定的反响，但因缺乏与90年代诗歌氛围的共振，并没有对写作实践产生实质性影响。郑敏提出新诗的"汉语性"既有1990年代文化保守主义的背景，又借助了西方"后现代"理论（如德里达）的某些资源。[1] 她先后发表《世纪末的回顾：汉语语言变革与中国新诗创作》[2]《汉字与解构阅读》《中国诗歌的古典与现代》《语言观念必须革新》《解构思维与文化传统》等论文，表述了其鲜明的汉语言本位立场，力图发掘作为一种文化、哲学巨大载体的汉语言自身的蕴含，并由此为新诗找到一种开放的、具有无穷活力的语言。郑敏呼吁："诗人们在下一个世纪需要做的是如何从几千年的母语中寻求现代汉语的生长素，促使我们早日有一种当代汉语诗歌语言，它必须能够承受高度浓缩和高强度的诗歌内容。"[3] 应该说，重提新诗与古典的关系不乏合理之处，但在90年代诗歌语境里，这

---

(1) 赵毅衡：《"后学"与中国新保守主义》，《二十一世纪》1995年2月号。
(2) 载《文学评论》1993年第3期。
(3) 郑敏：《试论汉诗的传统艺术特点》，《文艺研究》1998年第4期。

一倡议很难得到真正的回应。⁽¹⁾

不难看到，进入1990年代以后，中国社会文化的全面转型，一方面加快了诗歌的破碎性质，另一方面也驱散了1980年代诗派杂陈的虚浮性和隐含的"对抗"色彩，使诗歌呈现出新的景象。喧嚣与沉寂，这既是中国诗歌在1990年代的存在状况，又是其所置身的生态环境：在热闹的市场化机制中迅速建立起来的商业主义和大众文化，极大地冲击着诗歌创作和诗人的生存，"边缘化"是此际关于诗歌的最显要话题。或许应该说，"边缘"恰恰是诗歌必然所处的位置。

正如欧阳江河所描述的，1990年代后，"诗歌写作的某个阶段已大致结束了。许多作品失效了"，这突出地表现为："那种主要源于乌托邦式的家园、源于土地亲缘关系和收获仪式、具有典型的前工业时代人文特征、主要从原始天赋和怀乡病冲动汲取主题的乡村知识分子写作此后将难以为继。与此相对的城市平民口语诗的写作，以及可以统称为反诗歌的种种花样翻新的波普写作……被限制在过于狭窄的理解范围内的纯诗写

---

(1) 这里或可一提的是当代台湾新诗与古典的错杂关联（参阅拙作《对"古典"的挪用、转化与重置——当代台湾新诗语言的重要维度》，《江汉大学学报》2009年第4期），还有大陆"新乡土诗"的某些取向，如匡国泰的《一天》。

作——所有这些以往的写作大多失效了"；而那种"在人们心灵上唤起了一种绝对的寂静和浑然无告"，使得"任何来自写作的抵销都显得不足轻重"，[1] 正是 1990 年代诗歌面临的境遇。

由于历史语境的迁变，中国诗歌在 1990 年代以后的状况同 1980 年代相比，已经发生了不小的变化。其中一个最显著的变化，就是诗歌在整个社会文化中的功能和位置的转变：在 1980 年代，诗歌很大程度上参与了那个年代文化氛围的营造（那些充满激情的书写与当时的理想主义文化氛围和审美主义文化观念是合拍的），甚至一度处于社会文化瞩目的"中心"；而进入 1990 年代后，诗歌与社会文化的关系开始变得若即若离，直至全然退出后者的关注而居于某种"边缘"的位置，其曾经受到"追捧"的"热闹"场面一去不返，所谓"中心"位置也渐渐被其他文化力量（如影像）所取代。尽管有人说，在当前的各种文化文本中诗性（诗意）的元素无所不在，但在很多情形下诗歌仅仅是作为其他文化景观的点缀或装饰而被征用的，它的面目其实已被分割

---

[1]　欧阳江河：《1989 年后国内诗歌写作：本土气质、中年特征与知识分子身份》，引自《站在虚构这边》，第 49、50、51 页，三联书店 2001 年版。

得支离破碎。倘若说，中国诗歌在1980年代因文化对抗的张力（诗歌对旧的意识形态压迫和文化消极势力的"反抗"，以及诗歌内部变革所进行的诗学"反叛"）而充满活力，那么在1990年代，这种文化对抗的格局已经趋于瓦解，诗歌实际上失去了反抗的对象（或者说太多对象）而陷入"无物之阵"。可以认为，1990年代以来的中国诗歌正在经历着一种阵痛，一种阵痛中的调整和蓄积，诗人们以巨大韧性的探索与坚实的成绩促动诗艺的全面进展。[1]

---

(1)　关于1990年代诗歌的更为深入、详备的讨论，可参阅笔者为《中国新诗总系（1989—2000）》所写的导言《杂语共生与未竟的转型：90年代诗歌》，人民文学出版社2010年版。

7

1990年代的"中年写作"

　　我们可以用"中年写作"描述或指认1990年代部分诗人创作的特征。其实，"中年写作"不是一个新概念，它早在1940年代就由闻一多提出，后被朱自清用来称誉冯至《十四行集》所蕴含的哲理特征。朱自清认为，"闻一多先生说我们的新诗好像尽是些青年，也得有一些中年才好。冯先生这一集大概可以算是中年了"[1]。这里的"中年"意味着某种成稳和成熟，它是经过了青春期的浪漫和狂热后，迈向更高境界的自然过渡，这种成熟的获得必定经受了艰辛的训练和坚韧的锻造。

---

[1]　朱自清：《诗与哲理》，见《新诗杂话》第27页，北京三联书店1984年版。

当1990年代一些诗人郑重提出"中年写作"的议题时，也正是在同样意义上使用和解释这一语词的，并逐渐成为1990年代诗歌的自我确认。一般认为，这个议题在1990年代的重提，首见于萧开愚在民刊《大河》上发表的一篇短文《抑制、减速、开阔的中年》，由此诗人们判断："我们已经从青春期写作进入了中年写作。"在这些诗人的表述中，"中年写作与罗兰·巴特所说的写作的秋天状态极其相似：写作者的心情在累累果实与迟暮秋风之间、在已逝之物与将逝之物之间、在深信和质疑之间、在关于责任的关系神话和关于自由的个人神话之间、在词与物的广泛联系和精致考究的幽独行文之间转换不已"[1]。显然，在这些诗人那里，"中年写作"指向的并非某一年龄或时段，而是某种写作心境和态度，在这种心境下的写作不仅依靠激情和才华，而且更加依靠"对激情的控制"，依靠"综合的有效才能"、"理性所包含的知识"和"写作积累的经验"。[2]这意味着1990年代诗歌写作已经不再是1980年代那种即兴随意

---

[1]　欧阳江河：《1989年后国内诗歌写作：本土气质、中年特征与知识分子身份》，《站在虚构这边》，第56页，三联书店2001年版。

[2]　孙文波语，见王家新、孙文波编《中国诗歌：九十年代备忘录》，第398页，人民文学出版社2000年版。

的涂抹，或青春冲动的发泄，而成为有自觉意识的、经过深思熟虑的行为，它是一个"比慢"（王家新语）的长期的过程，从而要求一种沉静、深邃的心境和执着、专注的态度。

这一时期，与"中年写作"相关联的议题还有"知识分子写作"、"个人写作"、"叙事"、"反讽"、"中国话语场"等。其中，"知识分子写作"关涉诗人们对"知识分子精神"的体认，他们认为，"如何使我们的写作成为一种与时代的巨大要求相称的承担，如何重获一种面对现实、处理现实的能力和品格，这是我们在今天不得不考虑的问题"[1]；而"叙事"被认为是1990年代诗歌的另一重要特征，是诗歌观念和技法发生重大转变的突出表现。参与"中年写作"等议题的讨论，或作品中显出"中年写作"、"叙事"等特征的诗人，包括欧阳江河、孙文波、萧开愚、王家新、西川、张曙光等。

作为一位穿越了1980年代和1990年代的诗人，王家新（1957— ）一直是这个时代的诗的"守望"者，他的音色带着这个时代特有的沉郁，以及时代变迁所造成的精神震荡。他声称，"无论生活怎样变化，我仍要

---

(1)　王家新：《阐释之外：当代诗学的一种话语分析》，《文学评论》1997年第2期。

求我的诗中永远有某种明亮：这即是我的时代，我忠实于它"[1]。因此，王家新诗歌的显著特点之一，便是鲜明地体现了一个时代诗歌所必需的质素，或者某种伟大传统：对时代的诗意关注与抒写。在他写于1990年代初的《守望》《转变》等诗篇中，这种执守坚卓的姿态清晰可辨。1990年代初对于王家新而言是一个重要的转折点，和一个过渡的中介点。1980年代的《预感》《练习曲》等篇什，和1990年代中后期的《伦敦随笔》《尤金，雪》《旅行者》《回答》等诗章，都与这一中介点衔接而连成了一条清晰的线索；贯穿于其中的，是那种变化中的诗歌精神的"明亮"。在这些诗作中，他的内心始终经历着挣扎与辩驳的焦灼，并闪现出一个沉默、坚毅的跋涉者的身影，那似乎是诗人的另一个自我。就这样，王家新"在生与死的风景中旅行"，现实的风霜雨雪和时代的风云变幻，为他的写作提供了有力的精神支撑或"理由"：

    ……另一个仍在街上走着

    没有他，雨声不会响起

（1）　王家新：《词语（诗片断系列）》，《王家新的诗》，人民文学出版社2001年版。

而双手不会伸向稿纸

我不会写下这痛苦的诗句

——《练习曲》

这些穿过精神炼狱的诗句必然是"痛苦的"，诗人却由此获得了决断的勇气：

把自己稳住，是到了在风中坚持

或彻底放弃的时候了

——《转变》

在王家新诗歌中，最具代表性、最深刻地书写了时代的精神苦痛的，还是与《转变》同一时期的《瓦雷金诺叙事曲》《帕斯捷尔纳克》这两首姊妹篇。前一首诗里的"蜡烛在燃烧／我们怎能写作？／当语言无法分担事物的沉重，／当我们永远也说不清……"，和后一首诗里的"这就是你，从一次次劫难里你找到我／检验我，使我的生命骤然疼痛"，都极为真切地展现了变换时代的诗歌写作与时代境遇的关系；其强烈的受难感和某种无以名状的悲情，具有震撼人心的精神深度和强度。在这两首献给同一位异域诗人的诗中，王家新将笔触伸入到那位诗人所生存的时代的底部，探询了严峻时代诗歌写作的依据，那就是："忍受更疯狂的风雪扑打"，"把苦难转变为音乐"；而"你的嘴角更加缄默"，则加强了他的《练习曲》等以来那种命运的厚重感。与其说这是向"大师"致敬的诗，不如说王家新从他所观照的对象身上找到了某种契机，在其间他得以就历史重压下的诗歌使命和时代的精神处境，做出更为本质的思考。可以看到，从写作《守望》《帕斯捷尔纳克》等诗开始甚至更早，王家新已经有意识地把整个历史、时代乃至人类文明的主题，纳入他的思考和透视的范围。正是在这一深远广阔的背景下，王家新力求把握他的诗歌写作的可能性，其诗思的意绪反复指向了诗歌与时代的关系这一主题。

西川（1963— ，原名刘军）在写诗之初与海子、骆一禾交往甚密，三人在诗歌观念上曾相互影响。在参加1986年中国现代主义诗群大展时，西川独创"西川体"并自认"新古典主义又一派"。[1]对不可见、"神秘"事物的好奇和敬畏，贯穿于西川早年和晚近的诗

（1） 见徐敬亚等编《中国现代主义诗群大展1986—1988》，第361页，同济大学出版社1988年版。

篇，且成为他诗歌中的持续主题。他早年的诗善于处理自然、爱情、体验等素材，在诗艺上追求一种"诗歌炼金术"，显得凝练、纯净。在受到广泛传阅的《在哈尔盖仰望星空》这首短诗中，西川借助于"眺望星空"这一人类的认知发展过程中富有象征意味的举动，以精细的笔触描述了某种"无法驾驭"的"神秘"带给他的内心震颤："风吹着空旷的夜也吹着我／风吹着未来也吹着过去／我成为某个人，某间／点着油灯的陋室／而这陋室冰凉的屋顶／被群星的亿万只脚踩成祭坛／我像一个领取圣餐的孩子／放大了胆子，但屏住呼吸"。在此，他既要拉开同"神秘"事物的距离，又试图与之保持某种关联。在另一首短诗《起风》中，对"神秘"的感知是与某种生存状态联系在一起的：

> 起风以前穿过树林的人
>
> 是没有记忆的人
>
> 一个遁世者

其中还暗含着他对玄远哲思的迷恋。

进入1990年代以后，西川的诗歌写作出现了显著变化。他提出："文学并非生活的直接复述，而应在质地上得以与生活相对称、相较量。……在抒情性的、单向度的、歌唱性的诗歌中，异质事物互破或相互进入不可能实现。既然诗歌必须向世界敞开，那么经验、矛盾、悖论、噩梦，必须找到一种能够承担反讽的表现方式，这样，歌唱的诗歌必须向叙事的诗歌过渡"[1]；"诗歌语言的大门必须打开，而这打开了语言大门的诗歌是人道的诗歌、容留的诗歌、不洁的诗歌，是偏离诗歌的诗歌"[2]。这无疑是一种自我修正。在西川的跨越两个年代完成的《回答启明星（90断章）》和规模较大的组诗《汇合》就已经显示了某种变化的迹象，真正实现这种转变的标志是长诗《致敬》（1992年）。由此，他的诗歌"从具有唯美气质的高蹈抒情，转向一种包容复杂异质性成分的综合技艺，从结构的整饬转向结构的瓦解"[3]。《致敬》所包含的混杂语言，和表现出的对固有诗歌形式的突破，的确具有革新意义。他相继完成的长诗《芳名》《厄运》《近景与远景》等，延续了这样的

(1) 西川：《大意如此·自序》，第2页，湖南文艺出版社1997年版。

(2) 西川：《答鲍夏兰、鲁索四问》，《大意如此》，第246页，湖南文艺出版社1997年版。

(3) 姜涛：《被句群囚禁的巨兽之舞》，见洪子诚主编《在北大课堂读诗》，第232页，长江文艺出版社2002年版。

写作思路。不过，可以发现，西川早年诗歌的"箴言"语式和造句习惯在上述诗篇中并未彻底改变。

欧阳江河（1956— ，原名江河）、孙文波（1956— ）和萧开愚（1960— ）同为四川诗人，虽然他们程度不一地参与了1980年代巴蜀诗歌群落的某些活动，但其诗歌成就主要体现在1990年代的写作中。欧阳江河完成于1980年代中期的长诗《悬棺》，承续的是杨炼等人"现代史诗"的追求，句式繁复、题旨隐晦；他这一时期的成熟之作是《汉英之间》《玻璃工厂》《最后的幻象》（组诗）等。在诗歌写作中，欧阳江河一以贯之地重视技术的纯粹性和修辞的多层性，他的不少诗作具有强烈的思辨色彩，这是基于他对现代诗歌的理解："现代诗歌包含了一种永远不能综合的内在歧义，它特别予以强调的是词与物的异质性，而不是一致性。……词所触及的只是作为知识痕迹的物。有时现代诗看上去似乎是在考量物质生活的状况，但它实际考量的是人的基本境遇以及词的状况。"[1] 他的《玻璃工厂》即是对"词的状况"与"人的境遇"的双重沉思：

（1） 欧阳江河：《谁去谁留·自序》，第4页，湖南文艺出版社1997年版。

从看见到看见，中间只有玻璃。

从脸到脸

隔开是看不见的。

在玻璃中，物质并不透明。

整个工厂是一只巨大的眼球，

劳动是其中最黑的部分，

它的白天在事物的核心闪耀。

这是一种回到原初状态的观视，"眼球"像聚光灯一样凸显了自我与世界的镜像关系，同时也从内部改变了词与物的关系。

1990年代初，欧阳江河对先锋诗歌曾有过反思："在该承受的承受了，该破坏的破坏了，该抛弃的抛弃了之后，当今的前卫诗人究竟在种族的智慧和情感生活中扮演什么角色？在经历了那么严酷的误解、冷落、淘汰以及消解之后，实验诗歌究竟有多少能够幸存下来的作品？这些幸存的作品又能够对精神或语言的历史贡献些什么？"[1]他的《傍晚穿过广场》意味着某种转

（1）　欧阳江河：《对抗与对称：中国当代实验诗歌》，见吴思敬编选《磁场与魔方——新潮诗论卷》，第257页，北京师范大学出版社1993年版。

折，以内在的驳杂取代了炫目的"幻象"的雕琢，不易觉察的反讽开始渗入："一辆婴儿车静静地停在傍晚的广场上，／静静地，和这个快要发疯的世界没有关系。／我猜婴儿车与落日之间的距离／有一百年之遥。／这是近乎无限的尺度，足以测量／穿过广场所经历的一个幽闭时代有多么漫长"。从这首诗起，欧阳江河试图在自己的诗歌中贯注更多的时代因素（政治、性、时尚文化等），或他自己所说的"本土气质"，他的篇幅不小的《咖啡馆》《时装店》《椅中人的倾听与交谈》《关于市场经济的虚构笔记》等诗作，便是这种努力的结果。在这些诗作中，他力图展示"包含了知识、激情、经验、观察和想象"的"语言中的现实"，技术的繁复与生活的繁复被糅合在一起。

孙文波早年的诗中有这样的句子："一个时期，我写下的诗几乎不是诗／是心灵忧伤的臆语。我看见／你已经不再来到这里／消遁在事物的边缘。一声轻喟／来自大地深处的叹息"（《几乎不是诗》）。轻缓的抒情笔触、略显忧郁的调子、超然浪漫的主题，是他这时期诗歌的基本特点。很快，他不再满足于这种趋于"高蹈"的写作路向。1980年代末和1990年代初，孙文波与萧开愚等人先后创办《九十年代》《反对》等诗歌刊物，其中

《反对》创刊号"前言"明确提出:"反对的目的,是一切为了把新内容和新节奏创造性地带进诗。反对的另一重要含义:自相矛盾,强调诗人和诗歌有深度地向前发展。"那么,什么是他们所说的诗歌的"新内容和新节奏"及"创造性"呢?其中所包含的一个重要方面,就是常常招致误解的"叙事"。孙文波是1990年代诗歌中"叙事"的主要诠释者和实践者之一,他在多个场合下对这一概念予以澄清:"我个人更宁愿将'叙事'看作是过程,是对一种方法,以及诗人的综合能力的强调";[1]"叙事,在很大程度上是一种亚叙事,它的实质仍然是抒情的","它关注的不仅是叙事,而且更加关注叙事的方式"。[2]这应和着1990年代诗歌由抒情转向经验,即"歌唱的诗歌必须向叙事的诗歌过渡"(西川语)的总体趋势。

在孙文波自己的诗歌实践中,"叙事"表现为诗歌与现实关系的调整、诗歌对更多日常生活场景和经验的吸纳、诗歌主题的丰富与拓展、诗歌结构方式的转换、语

---

(1) 孙文波:《我理解的90年代:个人写作、叙事及其他》,见王家新、孙文波编《中国诗歌:九十年代备忘录》,第15页,人民文学出版社2000年版。

(2) 孙文波:《生活:写作的前提》,见王家新、孙文波编《中国诗歌:九十年代备忘录》,第256、259页,人民文学出版社2000年版。

感的重新设置等。他的一些长诗如《散步》《地图上的旅行》《聊天》《搬家》《临夏纪事》《夏天的热浪》《献媚者之歌》《在无名小镇上》《祖国之书，或其他》等，包含了更为明显的"叙事"成分或"故事"线索。不过，在诗中所谓"故事"线索显然不是重心所在，而只是抒情展开的一些元素、一种溶剂：

> 剧院。闷热的夜晚。普罗旺斯的风景
> 出现在一些人的瞳孔里：一个驼子
> 带着他的蓝图行走在崎岖山间。
> 他使自己变成悲剧中的失败者。人们发现：
> 这一切离流传下来的民谣距离很远。
>
> ——《在无名小镇上》

这也表明，频繁出没于1990年代诗歌中的"叙事"，其对日常生活场景和经验的容纳，并非毫无选择和沉淀，相反，它显示的是对后者的重新检讨与思索。

萧开愚是一位乐于探索和寻求变化的诗人，在二十余年的写作中其诗歌风格经过了几番转变。他在一首题为《原则》的诗中写道："绝不让白昼的光芒在诗歌中消失／或减弱。诗歌中的黑暗／是黎明前的黑暗，是黑暗的刹那。／它严密，窒息人，接着就是黎明"。这似可看作他的诗观。在1980年代，他也曾写过《海上花园——献给南方少女》这样富于想象却又不乏机智的诗作，其中闪现着充满激情的句子："啊奇异，充盈！／啊好像海魔、水妖和天神／与空中横飞的响箭／抱成了一团"。进入1990年代后，萧开愚对自己的写作和诗歌与时代语境之间的关系进行了省察，明确提出："理想的诗歌形式，自我探索，社会责任感，这三个方面的吸引力合力塑造了九十年代诗人的抱负：写作，在个人和世界之间。"[1]经过调整后，他诗里尖锐的现实场景明显增多了，而且增添了几分讽喻的笔调，如《吃垃圾的人》《北站》《乌木纪事》《星期六晚上》《在徐家汇》《动物园》等。

《向杜甫致敬》是萧开愚倾力创作的一首长诗，这首诗的富有意味的标题昭示了他渗透在诗中的复杂意绪，即立足于纷繁的后现代处境里如何触摸传统之脉，或者如何以传统反观当下的芜杂现实；诗中不断回荡着"这是另一个中国"的急切呼告，其文化、时代指向十

---

[1] 萧开愚：《九十年代诗歌：抱负、特征和资料》，见赵汀阳、贺照田主编《学术思想评论》第1辑，第221页，辽宁大学出版社1997年版。

分明显（也许，这里还包含对诗歌写作本身——境遇、路向和意义——的期待）。近年来，他多次提出了如何面对、处理传统的问题，并在理论和实践上均有突出表现，他提出和思考这一问题的方式有别于同时期的其他诗人。正如他在《致传统·琴台》里所写的："薄冰抱夜我走向你。／我手握无限死街和死巷／成了长廊，我丢失了的我／含芳回来，上海像伤害般害羞。／我走向你何止鸟投林，／我是你在盼的那个人"，其古奥、生涩的句子，显示了萧开愚诗歌的新趋向，以及某种对于传统的微妙心态。

张曙光（1956—　）也是1990年代诗歌中"叙事"的主要倡行者之一。早在1984年，他就写出了《1965年》这一具有开启性的诗作：

　　　　那一年冬天，刚刚下过第一场雪

　　　　也是我记忆中的第一场雪

　　　　傍晚来得很早。在去电影院的路上

　　　　天已经完全黑了

　　　　我们绕过一个个雪堆，看着

　　　　行人朦胧的影子闪过——

　　　　黑暗使我们觉得好玩

那时还没有高压汞灯

装扮成淡蓝色的花朵，或是

一轮微红色的月亮

我们的肺里吸满茉莉花的香气

一种比茉莉花更为凛冽的香气

（没有人知道那是死亡的气息）

那一年电影院里上演着《人民战争胜利万岁》

在里面我们认识了仇恨与火

我们爱着《小兵张嘎》和《平原游击队》

我们用木制的大刀与手枪

演习着杀人的游戏

那一年，我十岁，弟弟五岁，妹妹三岁

我们的冰爬犁沿着陡坡危险地

滑着。突然，我们的童年一下子终止

当时，望着外面的雪，我想

林子里的动物一定在温暖的洞里冬眠

好度过一个漫长而寒冷的冬季

我是否真的这样想

现在已无法记起

充满细节的回忆视角，不动声色的沉思姿态，克制的叙述性语气，这些构成了此诗及张曙光后来许多诗篇的基本特点；并为1990年代诗歌中"叙事"的渗入提供了范例——显然有别于同时期诗歌的激情与高亢。正如他在一次访谈中解释的："从总体感觉上，我是想要把诗写得具体、硬朗，更具有现代感……力求表现诗的肌理和质感，最大限度地包容日常生活经验。"(1)

张曙光的确是一位注重日常生活经验开掘的诗人，他的诗歌主题集中在"个人在现代社会的命运、生活的无意义、时间的流逝、历史和个人的矛盾、人生的无奈与微小、时间和回忆等等"(2)。他的不少诗具有明显的时间（时代）刻度（从一些标题即可见出），除前引的《1965年》外，尚有《1966年初在电影院里》《悼念：1982年7月24日》《十月的一场雪》《照相簿》《小丑的花格外衣》等。由于长期生活在东北，张曙光诗歌中最突出的意象无疑是"雪"，"雪在他的诗中不仅是布景，它既是经验的实体，也是思绪、意义延伸的重要依据：

(1) 张曙光：《关于诗的谈话——对姜涛书面提问的回答》，见孙文波、臧棣、萧开愚编《中国诗歌评论：语言：形式的命名》，第235页，人民文学出版社1999年版。
(2) 王璞：《尤利西斯的当代重写》，见洪子诚主编《在北大课堂上读诗》，第293、301页，长江文艺出版社2002年版。

有关温暖、柔和、空旷、死亡、虚无等"[1]。因此，他以看似平淡的句子，从时间和空间上重构了一幅幅日常生活的情景——其中隐含着现代人的痛楚与忧患。

---

[1] 洪子诚、刘登翰：《中国当代新诗史（修订版）》，第260页，北京大学出版社2005年版。

8

在新的躁动中向
纵深地带延展

　　1990年代的驳杂语境，一方面给中国诗歌的发展造成了巨大压力，另一方面出乎意料地为诗人们的成长提供了可供磨砺的基石和可以汲取的养分。这里值得一提的，是发生在1990年代末的一场影响极大的诗学论争。1999年4月16日至18日，"世纪之交：中国诗歌创作态势与理论建设研讨会"在北京盘峰宾馆举行，由于这次会议的召开处于世纪之交，其对中国诗歌写作进行回顾与展望的意图是明显的。在会上，后来被概括为"知识分子写作"和"民间写作"的两派诗人、理论家发生了激烈的争论，前者主要包括王家新、西川、欧阳江河、孙文波、张曙光、臧棣、唐晓渡、程光炜等，后者主要包括于坚、杨克、伊沙、沈奇等。虽然引发争论的诱因是两部诗选《岁月的遗照》（程光炜编）和《1998：中国新诗年鉴》（杨克编），但争论背后隐含的是1990年代（甚至更早）以来诗歌发展的一些深层问题。这场被认为是争夺"话语权"、重建诗歌秩序的论争，其焦点集中在如下几个方面：中国诗歌的资源是西方还是本土，诗歌写作处理的是知识还是现实，富有活力的诗歌语言是书面语还是口语，等等。论争之后，诗界的分化更趋严重。

进入21世纪以来，中国诗歌的面貌发生了某些微妙的变化，它一方面延续着十多年前就已呈现的所谓"边缘"状态，另一方面又出人意料地显出与当代社会进程紧密相连的发展趋势。后者最为突出的表征便是，随着互联网的迅速蔓延，诗歌借助于这一新型工具，也以惊人的速度衍生、铺展和消亡——"当文学遭遇网络"（青锋语），这其间产生的后果的确是不可估量的。诗歌的网络化，是近几年最值得关注的现象之一。

尽管关于泥沙俱下的网络诗歌景观的性质评定和前途预测仍在进行之中，但网络对当代诗歌生态、格局和写作方式已经带来了改变（起码，这一新兴手段造成了当代诗歌表面的哪怕是夸饰的"繁荣"），这一点毋庸置疑。写作方式与社会生活方式相互影响、相互渗透，这在方兴未艾的网络诗歌中得到了很好的体现。对于相当一部分人来说，网络着实为他们提供了一处挺身而出、一展身手的场所和平台，他们放松地跳入网络击起的语词潮流、纵情游弋于大片诗意浪花之中（有些人就是在"触网"后开始写诗的），甚至来不及选择姿势和路线。以至于有人惊呼：诗歌复活了！

也许，正是在虚幻的意义上，一种陈旧的"虚无"与一种新鲜的"虚拟"才一拍即合。它们推动着形形色色的诗歌变种，在无数细线上四处奔突、蔓延。令人匪夷所思的是，如此情境中生成的诗歌，已经渐渐成为一些人必不可少的文化快餐和生活佐料。诗歌，准确地说，构成诗歌的斑斓语汇真正成了一种符号，回复到它最原始的宣泄的功能；它同在鼠标操纵下的任一光斑、逗点和线条一样，混迹于后者之中、通过不断的排列组合，共同织就着现代人闪烁不定的生存结构的背景。

网络的兴起，实际上暗含着诗歌交流方式的变迁。与这种既带有私密色彩，又每时每刻暴露在网络光天化日之下的个人迷恋相应的，则是诗歌开始走出个人窄小的胸腔，越过学院封闭的围墙，甚至溢出书写（文字）的拘囿，而步入更为广阔的天地。除却网络这一无形的通道而外，诗歌的传播方式、范围出现了更多意想不到的转换。可以看到，一度疏远、排斥诗歌的媒体，经过自身的"变革"后开始吸纳诗歌，各种诗歌样式的片断和关于诗歌的似是而非的谈论，也逐渐出没于报纸副刊、时尚休闲杂志、广播电视节目、文化娱乐场所乃至手机短信中。当网络诗集已经变得稀松平常，有人便开始筹划着举办"短信诗"大赛、出版"短信诗集"。当然，与其说是诗歌强大得足以渗透各种媒体并以之作为一种便捷的载体，不如说时代的文化型变越来越介入到诗歌的生成，从不同层面强行重塑着诗歌的形态。

随着网络等媒介的日趋普及和发达，中国诗歌在它的强大冲击下，"断裂"、"各自为政"的迹象越发明显，充斥于诗界的种种喧嚣——嘲弄、谩骂、诋毁、"恶搞"、自我炒作……更是加深了诗歌观念的分野和诗歌在整个社会文化中的"边缘性"。中国诗歌的某些困境由此愈加鲜明地凸显出来。当然，在一片众声喧哗中，仍然有一些诗人沉潜而不懈地进行着诗的探索。他们的写作将中国诗歌推向了一个新的境地。

在1990年代诗学氛围中逐渐成熟的诗人中，臧棣（1964— ，原名臧力）的多产无疑会给人留下深刻的印象。他近年来铺天盖地于各大媒体上的作品，和连续出版的三部诗集（每部诗集所收录的诗作都在一百首以上）——《燕园纪事》（1998年）、《风吹草动》（2000年）和《新鲜的荆棘》（2002年）——引起了人们广泛关注。臧棣的诗歌具有一种脱颖而出的品质，它们植根于20世纪90年代的诗学情景，却突破了这一时段的总体诗学框架。表面上看，臧棣的诗歌多少让人感到奇怪的是，就诗歌的整体意绪来说，它们并没有刻意表现出时代给予诗人的内心波动，相反，它们提供的更多是一种堪称精湛的技艺；似乎只有通过这种技艺，诗歌才能更深地切入这个时代的生活，才能更好地与时代发生关联、同时代进行巧妙的周旋。在1990年代初的一篇长文里，臧棣强调了诗歌技艺的重要性，这强调既是一种观察又是一种自我申辩："在写作中，我们对技巧（技艺）的依赖是一种难以逃避的命运……在根本意义上，技巧意味着一整套新的语言规约，填补着现代诗歌的写作与古典的语言规约决裂所造成的真空。"在他看来，技艺实质是"主体和语言之间相互剧烈摩擦而后趋向和谐的一种针对存在的完整的观念及其表达"，它可被视为"语言约束个性、写作纯洁自身的一种权力机制"。因此，更为内在地说，"写作就是技巧对我们的思想、意识、感性、直觉和体验的辛勤咀嚼，从而在新的语言的肌体上使之获得一种表达上的普遍性"。[1] 当然，技艺这一容易引起误解的词语，并不能涵盖臧棣写作的全部，毋宁说对它的倚重，使得他的诗歌写作成为有意识地对"写作的可能性"、写作本身乃至写作的终极目的进行反复探索和追问的过程。也就是说，臧棣的很多诗篇都表现出诗歌写作行为的反思：

> 每个松塔都有自己的来历，
>
> 不过，其中也有一小部分
>
> 属于来历不明。诗，也是如此。
>
> 并且，诗，不会窒息于这样的悖论。
>
> 而我正写着的诗，暗恋上
>
> 松塔那层次分明的结构——
>
> 它要求带它去看我拣拾松塔的地方，
>
> 它要求回到红松的树巅。
>
> ——《咏物诗》

---

[1] 臧棣：《后朦胧诗：作为一种写作的诗歌》，载《中国诗选》第1辑，第350、351页，成都科技大学出版社1994年版。

这种反思行为在写作中的渗入，致使臧棣的诗歌显示出一种变动不居而又相对稳定的状态，其内部蕴藉着多股相互冲突但并非相互抵消的力量；它既瓦解着过往的囿限又确立着新鲜的可能，既消除着预设的韵律又构筑着内在的节奏和旋律，在不断地超越与回溯、毁灭与复苏的共生中，完成着经验和语词的重组。这样，就能够在维持诗歌内部冲突的平衡之时，给写作贯注一种迅速散开的诗意的鲜活。为了保持诗歌的鲜活，臧棣在写作过程中所付出的是一种重置"即兴"的努力。重置"即兴"意味着，他对写作的题旨、构架、速度进行了有效克制，在保证文本高度完整的前提下，不时掺入想象的溶剂和灵感的火花，而使诗篇显得繁复、幽邃，却摈弃了"即兴"的随意涂抹，使之避免滑向因"即兴"实验而导致的碎屑。而这，正是一种高度综合的、对写作本身进行自我检视的觉识和能力。

与臧棣在诗歌观念上较为接近的西渡（1967—　，原名陈国平），保持着均衡、平稳的写作速度。守望与倾听——借用西渡一部文集的标题——是西渡进入诗歌的两种方式、两个向度，是他运用语词，在内心对爱、生死、命运等主题喃喃低语的震响和回声。西渡的诗歌力图展示这个时代的精神困境以及他对这些精神困境的超越，如《悼念约瑟夫·布罗茨基》《保罗之雨天书》等。贯穿于他作品中的是一种高迈（一如他所推崇的骆一禾提出的"修远"）的气质，当多数人迫于个人内心空茫而背弃甚至鄙视高迈时，西渡却义无反顾地持守着它。西渡极为重视诗歌声音的构成，他在自己的诗里发展了一种略显清冽的声音：

我去拜访墓地

星期天飘着微雨

杜鹃的啼声

湿润过青葱的梦

教堂的檐溜

淋透梧桐的密叶

一个人曾经歌唱

现在他一声不响——

疲倦的雨燕

疾掠过塔尖

没有人能够懂得

此时烟雨的江南

父亲摇篮般的斗笠

正在玉米地里浮动

——《悟雨》

　　这首诗表达了某种积郁已久，却又突如其来的生命领悟。乍一看，它的音调是柔和甚至轻快的。诗句都是由比较均衡的音组和顿构成；"地"、"雨"与"笠"，"声"、"梦"与"动"、"得"、"叶"，"唱"与"响"，"燕"、"尖"与"南"的押韵虽然不十分规则，但因配合了均衡的音组和顿，足以形成一种适度、谐和的韵律。而贯穿于全篇的烟一般的"雨"的意象，更为诗句铺设了一抹宁静的色调。可是，透过显得流畅的语气和清丽的景象，诗中一种内在的阴郁音调却始终挥之不去："一个人曾经歌唱／现在他一声不响——"；这种阴郁的起因，倒不在于抒情者置身于"墓地"，而是他在此情此景中突然想到了远在江南的父亲（"摇篮"一词既为抒情者带来了回忆中的亲情，又将他的视线拉回人生的起点，与"墓地"形成对照），浓重的夹杂着伤感与悲悯的意绪油然而生。因此，这首诗具有双重的声音设置：表层以平和乃至略显轻快的节奏，消除了"墓地"背景所带来的阴冷色调，而深层则仍然回响着徘徊于死与生、观察与冥想之间的忧郁低音。在此，西渡的诗歌提供了具有典范性的个案：声音在其中一方面清晰地敞露了语言的特性及语词间的关系，另一方面，深刻地昭示了诗人与自我、世界的多重联系。西渡晚近的《一个钟表匠人的记忆》等诗作，表明他的诗歌正朝向丰厚与开阔的地带延展。

居于南京东郊一隅的朱朱（1969—　），经过多年显得沉寂的写作而积蓄起强大的力量，使他成为独立而不容忽视的诗歌磁场。他在以诗集《枯草上的盐》（2000年）确立其基本风格后，近年来的诗歌呈现出结构繁复、主题多层次的特征。"枯草上的盐"，这个标题在隐喻的向度和实际视觉效应的双重感受上，彰显了诗歌写作的真正含义。一些诗歌的碎片和语言形体被比作"枯草上的盐"，这既表明了朱朱的偏于精致的美学趣味，又体现了他趋于内敛、孤僻的价值取向。有论者如此评价朱朱的诗歌："以他的细密精致、优雅从容以及类似自由赋格曲的语调重新恢复了抒情诗的尊严与原生状态；而他古典式的词语配件、短促的句式与华彩乐章般的即兴感，在同类诗歌中更是卓尔不群。"[1]精细、冷峻的形体，克制、准确的表述，凝练、结实的节奏，构

---

[1]　语出王艾为《枯草上的盐》所写的书评，见《中国图书商报·书评周刊》2000年12月26日。

成朱朱早年诗歌的风格。在《我是弗朗索瓦·维庸》一诗中，朱朱借助于对这位法国诗人形迹的戏谑式仿写，呈现了完成一首诗的过程中，为锤炼语言所历经的灾难般体验——困惑，沮丧或者狂喜：

　　　　漫长的冬天，

　　　　一只狼寻找话语的森林。

　　经由语言的"光合作用"及通感而进行词句的重组与嫁接，是朱朱诗歌的重要技法，其要点在于：在一种突如其来的交错和撞击中，词语仿佛获得了一次再生，诗句也焕发出前所未有的新意；所获致的主要成果是，在他的诗歌里奇妙的譬喻比比皆是："在黑夜渐渐显露的光辉中／街心的孩子们／像惊讶中忘记叫喊的花朵"（《扬州郊外的黄昏》），"剧场外的空气是一座山谷涌起的鸟群"（《秋夜》），"展翅在最小的损失中"（《煽动》）……在这些"错置"过程中，语词坚硬的"物质化的外壳"被去掉了，其含义与功能得到了重置。

　　如果说朱朱早年的诗歌，更为注重展示语词之间的隐秘关联和语言自身魅力的话，那么近几年则开始转向对主题的深度开掘、对诗歌表达词与物关系的独特能力的培育。这在他的《鲁滨逊》《皮箱》《合葬》《清河县》（组诗）等作品中得到了充分展示。这些诗作显示，朱朱的诗歌在语词上开始由简约转向丰沛，在主题上有多个向度的衍生、铺展、回旋而显得错落有致。组诗《清河县》与其说是对一则历史故事的改写或重写，不如说是诗人的想象力对时空的重构。它在再度"虚构"那件风尘往事的过程中，通过富有解构意味地穿行于原有的情节框架和观念逻辑之中，通过一种现代经验，改变了古典语言的内在质地："当她洗窗时发现透明的不可能／而半透明是一个陷阱，她的手经常伸到污点的另一面去擦它们／这时候污点就好像始于手的一个谜团"。同时，组诗在结构上回应了中国当代诗歌关于长诗的探索，这是汉语自我改造和转换的一个范例。朱朱属于对自己的写作路向有着相当自觉意识的诗人，这不仅具体落实到对于一首诗的整体结构和局部的精细处理，而且体现在他对诗歌写作本性的清醒领悟，因此他能够有效地摈弃习见于诗歌界的浮泛与躁动，显示了能够稳步生长的潜力。

同样较少在诗坛抛头露面的诗人叶辉（1964—　），一直在他的出生地——南京某郊县的一所国税局当公务员。他曾参加过热闹非凡的"第三代诗歌运动"，后来的写作却远离了这一运动所鼓捣起来的喧嚣，基本上处于一种潜伏的状态。叶辉是一位具有深刻独立的见解，在诗歌写作中保持清醒、节制的诗人。在为参加1986年"中国现代主义诗群大展"草拟的《日常主义宣言》（与海波合作）中，他写道："我们要为自己确定一条自由的、日渐扩张的艺术空间的途径"，亦即"在对日常事件的陌生与困惑里，运用从容且较为正规的表达方式，努力缩短抽象观念与理性结构之间的距离，从而诉诸更广泛的精神现状的表白。"[1] "第三代诗歌运动"作为一种事件和观念已经成为历史，叶辉本人也通过这些年的独立写作，逐步调整、丰富着自己的诗歌路向。在他近些年的《一个年轻木匠的故事》《小镇的考古学家》《老式电话》《合上影集》《果树开花的季节》等诗篇中，"日常主义"的信念虽依稀留存，但某种刻意而为的印痕消失了。他不是让生活从某个可见的正面进入诗歌，而是从表面或侧面进入；他的诗句也是沿着细碎的生活侧面，轻轻地掠过：

　　我想着其他的事情：一匹马或一个人

————————————

（1）　见徐敬亚等编《中国现代主义诗群大展1986—1988》，第232页，同济大学出版社1988年版。

在陌生的地方，展开

全部生活的戏剧、告别、相聚

一个泪水和信件的国度

我躺在想象的暖流中

不想成为我看到的每个人

————《在糖果店》

叶辉似乎乐于洞察、捕捉日常生活的细节与秘密，善于从为人所熟知的场景中提炼诗情；他将穿越时空的"来世"与"今生"叠合起来，诗句间渗透着强烈的轮回感，表述的不是关于人生的某种微言大义，却令人读后若有所思。

在多种场合下乐于将自己称为"最后一个浪漫主义者"的桑克（1967— ），早年一些诗作散发着浓郁的"浪漫主义"气息，例如写于1990年代初的一组十四行诗，以整饬诗形表达形而上的心灵絮语，语词纯净、气象深远。对整饬的追求在他的鸿篇巨制《饶舌与罗盘》（1994年）中达到极致。正如桑克本人所说，"诸如趣味、绝望、游戏、信仰、道德等等，我把它们井井有条地放在了我的秩序之中"，"我应该在灵魂的深处漫游，结果我却在为清洁的工作奔忙"。（《智慧的浪漫主义》）

事实上，这种形式上的秩序感，在他后来的诗歌写作中一直未遭弃置，且被赋予了至高的地位，虽说它越来越被与内在旨趣、手法的多样化统摄在一起：

在乡下，空地，或者森林的
树杈上，雪比矿泉水
更清洁，更有营养。
它甚至不是白的，而是
湛蓝，仿佛墨水瓶打翻
在熔炉里锻炼过一样
结实像石头，柔美像模特。
在空中的Ｔ形台上
招摇，而在山阴，它们
又比午睡的猫更安静。
风的爪子调皮地在它的脸上
留下细的纹路，它连一个身
也不会翻。而是静静地
搂着怀里的草芽。
或者我们童年时代的
记忆和几近失传的游戏。

——《雪的教育》

桑克近些年的诗作《一个士兵的回忆》《夜泊秦淮》《秋江》《小声音》等，在拓展了叙事、反讽等诗学技艺的同时，也仍然保持着严谨的形体构造。

　　此外，罗羽、陈先发、清平、森子、黄灿然、潘维、刘洁岷、余笑忠、哑石、东荡子、刘立杆、侯马、代薇、鲁西西、千叶、蓝蓝、杜涯、周瓒等也写出了各具特色的诗歌作品。而姜涛、孙磊、朵渔、冷霜、宋尾、津渡、路云、田雪封、黄礼孩、泉子、蒋浩、梦亦非等更为年轻的所谓"70后"诗人开始崭露头角，显示了可予期待的潜质。

构建汉语诗歌"共时体"?

2000 年 3 月 23 日上午，诗人昌耀不堪病痛的折磨，从他所在的病房纵身一跃，结束了自己的生命。这堪称进入新千禧年之际中国当代诗歌的第一"殇"。此时虽然距离海子、骆一禾辞世已经十多年，但这一自戕行为连同 1993 年顾城的意外故去，仍属于较长时段的"诗人之死"的范畴；在加深前述死亡事件形成的悲情氛围的同时，更凸显了对其间隐含的严肃诗学议题进行探究的必要性乃至紧迫性。

大概不会有人否认，这些诗人的离去是中国当代诗歌的重大损失。人们甚至设想，倘若他们中的骆一禾没有英年早逝，1990 年代之后的中国诗歌也许会是另一番情形，或者至少会有一些与既有格局不大一样的质素。毋庸讳言，以今天的眼光来看，1990年代及其后的诗歌有不少值得检讨之处，其中一点即是：对某一种"可能性"或作为法则的"可能性"的追寻，是否限制了别的"可能性"乃至固化了"可能性"本身？

诗歌是骆一禾未竟的理想，在他充满洞见的表述里，显示了对汉语新诗未来的宏阔抱负，对诗歌写作本身寄予的严苛期许："带有灵性领悟的诗歌创作，是一个比较易说得无比复加的宣言更为缓慢地运作，在天分的一闪铸成律动浑然的艺术整体的过程中，它与整个精神质地有一种命定般的血色，创作是一种比设想更为艰巨的、缓慢的速度中进行的。"[1] 正是骆一禾的诗歌意识和一些诗学见解反衬了中国当代诗歌的某些局限，比如他提出的"伟大诗歌共时体"这一构想，"直接针对了现代原子式的个人主义、狭隘的审美主义、文人趣味，以及一般线性的文学史观念；而他有关'心象'或'原型'的看法，也明确将意象拼贴的现代主义原则，设立为自身的对立面。在骆一禾看来，现代的个人主义、矫饰的文学风格，以及对线性历史观的迷信，都导致了当代精神生活的封闭和僵化，这构成了种种有形或无形的

---

(1) 骆一禾：《美神》，见《骆一禾诗全编》，第840页，上海三联书店1997年版。

'围栏'。在某种意义上，精神的'围栏化'不是一种局部的现象，骆一禾触及到的是与文化现代性相伴生的一系列结构性问题，诗歌的局促只是整体文化困境的显现"。[1] 从切近的写作景观来说，当下的诗歌确实陷入了精神和认识的种种"围栏"之中："当代诗歌的诸多虚假的艺术问题——骆一禾谓之'艺术思维中的惯性'，都是由虚荣所造就的大大小小的自我的围栏。抛弃了虚荣，真正的艺术问题，作为创造和灵魂的问题，才会浮现出来。这种虚荣实际上也源于历史感的阙如，把自我的一点利益相关的表象——甚至不能提升到经验的层面，当作了诗歌的出发点和归宿。"[2] 不仅如此，当前诗歌还显现出与当前文化极为相似的破碎趋势，缺乏骆一禾诗歌的那种"整体性"。可以看到，在骆一禾的全部创作中，"无论是其长诗还是短诗，都为一种强大热烈的精神氛围所统摄，缭绕着一种深厚的主体力量"[3]，而这种主体力量也为时下多数诗歌所缺失。

骆一禾与昌耀是惺惺相惜的诗歌盟友，两人互相欣

(1)　姜涛：《在山巅上万物尽收眼底——重读骆一禾的诗论》，《新诗评论》2009年第2辑。

(2)　西渡：《壮烈风景》，第90—91页，中国社会出版社2012年版。

(3)　西渡：《壮烈风景》，第143页，中国社会出版社2012年版。

赏与激励。骆一禾逝世后，昌耀尽述其惋惜之情："我以为一禾是一位可以期望在其生命的未来岁月会有卓越贡献的诗人或学问家。如果说，他有可能成为一片新的陆地，但那陆地仅只是刚刚展开一道脊梁就已被无情的浊流吞没；如果说他有可能成为一环辉煌的彩虹，但那一作为太阳投射的生命的火焰刚刚呈示勃发的生机又未免熄灭得太过匆促。"[1] 而早在1980年代中期，骆一禾便敏锐认识到昌耀诗歌的重要性，在一篇关于昌耀的长篇评论中，他如此论断："昌耀先生的诗歌作品，是中国新诗运动里那些最重要的实绩和财富之一"，昌耀"以他的创造力，介入了当今之世的精神氛围，呈现、影响乃至促成了本土的精神觉醒"；[2] 在《苏格拉底最后的日子——给大诗人昌耀先生》一诗中，他更是称誉："而先生，在狱中，是你使我们失掉墙壁／并看见岩石和橡树的人"。昌耀与骆一禾一样，孤绝地对汉语新诗写作进行着探索。在昌耀的后期写作中出现了较多不分行的情形，对此他曾解释说："我理解的诗是一个比较宽泛的概念，即：除包含分行排列的那种文字外，也认可那

---

(1)　昌耀：《记诗人骆一禾》，见《昌耀诗文总集》，第431页，青海人民出版社2000年版。

(2)　骆一禾、张玞：《太阳说：来，朝前走》，《西藏文学》1988年第5期。

一类意味隽永、有人生价值、雅而庄重有致、无分行定则的千字左右的文字……诗的视野不仅在题材内容上也需在形式上给予拓展。"[1]他自称是"'大诗歌观'的主张者与实行者":"我并不强调诗的分行……也不认定诗定要分行，没有诗性的文字即便分行也终难称作诗。相反，某些有意味的文字即便不分行也未尝不配称作诗。诗之与否，我以心性去体味而不以貌取。"不过他"并不贬斥分行，只是想留予分行更多珍惜与真实感。就是说，务使压缩的文字更具情韵与诗的张力。随着岁月的递增，对世事的洞明、了悟，激情每会呈沉潜趋势，写作也会变得理由不足——固然内质涵容并不一定变得单薄。在这种情况下，写作'不分行'的文字会是诗人更为方便、乐意的选择"。他甚至宣称："诗美流布天下随物赋形不可伪造。是故我理解的诗与美并无本质差异"[2]。一定程度上，昌耀拓展和深化了对汉语新诗的理解，他将这些主张的缘起追溯至鲁迅的《野草》，与当代一些诗人一道，将《野草》指认为汉语新诗的主要源头。

---

(1)　昌耀：《致黎焕颐》，见《昌耀诗文总集》，第890页，青海人民出版社2000年版。

(2)　昌耀：《昌耀诗选·后记》，第423页，人民文学出版社1998年版。

诗人顾城的意外离世，无论在诗内还是诗外都具有某种"悲剧性"。那一突发的悲剧性事件改变了顾城留在读者心目中的"童话诗人"形象，人们似乎第一次发现了其人格和诗歌中都存在的"恶魔"。实际上，应该留意顾城一开始就显出的非单一的写作形象和诗歌取向，如引起争议的早期诗作《结束》里的"戴孝的帆船／缓缓走过／展开了暗黄的尸布"，以及《案件》里的"黑夜／像一群又一群／蒙面人"等语句所蕴含的灰暗与暴力。顾城的诗歌里从未缺席的是他本人一直身处其中并感受真切的历史维度，去国后的写作更是如此。他后期的两部重要组诗《城》和《鬼进城》，以一种立体的构架、个人记忆与时代场景叠加的方式，抒写了历史被抽空后造成的精神痛楚，其孩童般的口吻下不掩尖利的忧思与讽喻：

脚印上的河滩
脚印上的河滩
我有语言

那是在焰火死灭之后
男孩摸着城砖

一个人走下冥河的堤岸

手电一闪一闪

一个人想把窗子打开

早晨的空气很黏

早晨的黏土可以做水罐

谁都知道零钱的缺陷

市场上的盐

市场上石柱的灯盏

他必须在红砖地上

站着，太阳把路晒干

等大蜂巢掉到上

发出叫喊

一个中学花园、一个中学花园

路上没有人，手上

有玫瑰的血管

青草又生长起来

青草知道时间

青草结出时间的珠串

每一丝头发都是真的

站在她身后

每一丝头发都成为春天

我多想看见

樱草花的错误

在中午摘下叶片

在中午降下清凉的夜晚

只有你把手伸到凉空气里

吸收睡眠

你很疲倦

很远很远高原的空气

黄土燃着火焰

人类消失在小村子里

村外丢着桥板

很远很远的大地上布满湖水

我们跌跌绊绊地跑着

小手绢缩成一团

不要穿过水面

穿过水面

阳光会折断

——《鬼进城·还原》

顾城去国后特别是1990年代之后的诗歌，彰显了汉语新诗于跨文化情境中的某些向度及其隐藏的内在困境。顾城去国前就已体会到："我感到我几乎成了公共汽车，所有时尚的观念、书、思想都挤进我的脑子里。我的脑子一直在走，无法停止。东方也罢，西方也罢，百年千年的文化乱作一团。"[1] 去国以后，顾城更加强烈地感受到这种文化冲突带来的巨大困扰，他的诗里布满记忆、历史和现实的混合与交错："出国以后吧，我每回做梦都回北京；所以我的生活像是发生了一个颠倒，这梦里很现实，这醒的时候倒像是梦，不那么真实……我写了《城》这组诗，没写完，又写了《鬼进城》。全部是写北京的生活现实感觉的……我写这个东西，我觉得它是非常现实的。我不认为它是'心理现实'，要不就叫它是一种幽灵式的现实。"[2] 正如有论者指出的："一次次或想象或现实的对家园的短暂回归都仅仅强化了某

（1）　见《顾城文选（卷一）》，第103页，北方文艺出版社2005年版。

（2）　见《顾城文选（卷一）》，第112页，北方文艺出版社2005年版。

种内在的疏离感。一次次对故国的弃绝或背离都陷入更深的文化无意识的纠缠。诗，一旦说出，便是对产生特殊语境的当下生存和包含国家话语的历史经验的双重捕捉，便是对过去与现在的冲突、自我与他者的冲突、家园与异乡的冲突的积聚和缠绕。"[1] 当然，这种处境或许也是促成那一悲剧性事件的一种原因或悲剧性的一部分。

这种写作中无法回避的文化焦虑，在与顾城同代、经历相似的诗人多多那里同样尖锐。去国多年后，多多仍然只能借助于过去的经验，抵抗语言悬空和文化失重引发的不适感，他自己承认："我经常一首诗可以用十年以前的材料……我处理的永远是过去。"[2] 多多去国后的诗作里，"过去"不仅是一道不可或缺的底色，而且也成为其主题、表达方式乃至写作的动机。不过，有别于顾城诗歌中因置于文化万花筒所滋生的讽喻意味甚至荒诞感，多多去国后的诗歌一直保持着词语内部的高度紧张感和介入历史的庄重态度，在延续其早年诗歌锋芒的

（1）　杨小滨：《异域诗话》，见氏著《历史与修辞》，第197—198页，敦煌文艺出版社1999年版。
（2）　多多、金丝燕：《诗、人和内潜——关于诗歌创作的对话》，《跨文化对话》丛刊第16期。

同时，又抹上了一丝文化乡愁的色调："向着有烟囱矗立的麦田倾斜／也向冻裂的防护林致敬，星群／又一次升起，安抚拂动的羊毛／马奶在桶中摇晃着，批评／又一个早晨，在这样地展开：是诗行，就得再次炸开水坝"（《小麦的光芒》）。2004年3月，旅居国外十五年的多多回国，受聘在一所大学任教，在一片赞扬声中开启了一段新的写作历程，其间的变与不变还有待观察。

越来越多的跨文化写作经验，无疑会为汉语诗歌"共时体"的构建提供借镜。事实上，处于跨文化语境中的诗人在提笔时，需要回答一位长年居于国外的诗人宋琳的提问："旅居的孤独，长期的孤独中养成的与幽灵对话的习惯，最终能否在内部的空旷中建立一个金字塔的基座，譬如，渐渐产生一种信仰的坚定？"[1]

2010年3月8日，另一位长年寓居国外的诗人张枣病逝于德国。在此之前，张枣已回国内在一所大学任教数年，他给研究生开设的一门课就是讲授《野草》。在这门课的开篇中他提出："《野草》中，鲁迅的主调式是

---

[1] 宋琳：《域外写作的精神分析——答张辉先生十一问》，《新诗评论》2009年第1辑。

忧郁的……忧郁这一主调式，是一种唯美的现代主义抒情方式"，"鲁迅在《野草》中塑造的这个'我'，这个抒情主体，是中国现代文学发轫以来最值得研究的符号之一，其范式性意义怎么强调也不过分，而可惜的是，其重要性却很少被领悟和探究。如果大家同意所谓中国现代文学的'现代'两字一直缺乏有意义的阐读，那么这'现代'两字，首先应该有个'现代性'的内涵，而我认为'现代性'在文学场地里，指向的就是也必须是'文学的现代性'"。[1] 这就将汉语新诗的源头指向了《野草》，勾画了汉语新诗迈向"现代性"的新的图景。

张枣还有一个广为人知的说法："我们跟卞之琳一代打了平手。"[2] 此语看似随意，实则是洞彻当代诗歌与现代诗歌之内在关联、汉语新诗彼此呼应、接续之奥秘的中肯之论。那么，他是在何种意义上认为当代诗人同卞之琳一代"打了平手"？也许，只能在诗歌写作对

---

[1] 张枣：《秋夜的忧郁》，见《张枣随笔选》，第117、118页，人民文学出版社2012年版。

[2] 引自木朵对萧开愚的访谈《共谋一个激发存在感的方向》，《诗歌月刊》2013年第1期。在该访谈中，萧开愚回忆道："大概1999年，他（指张枣）说我们跟卞之琳一代打了个平手，突破尚难，我基本同意（西川不同意，西川的判断我也同意，这事我没主见）。"

汉语做出贡献的意义上。张枣是一位对汉语极其敏感的诗人，认为汉语"是那个我们赖以生存和写作，捧托起我们的内心独白和灵魂交谈的母语"[1]，信奉"在诗歌的程序中让语言的物质实体获得具体的空间感并将其本身作为富于诗意的质量来确立"[2]的法则，他本人的诗歌即呈示了汉语的丰盈与灵动。而回望中国当代诗歌半个世纪特别是最近三十余年的历史，产生影响的诗人与诗作的价值莫不如此。由此看来，构建汉语诗歌"共时体"的根基之一，最终应该落实到"汉语性"上面来，"汉语性"与"现代性"正是新诗的两翼。

---

[1] 张枣：《诗人与母语》，见《张枣随笔选》，第53页。
[2] 张枣：《朝向语言风景的危险旅行 —— 当代中国诗歌的元诗结构和写者姿态》，同上，第174页。

附

录

极限中的迁缓：
"70后"诗人长诗写作一瞥

一

作为一种命名，"70后"有着代际（generation）与流派[1]的双重指认。其实，这一名号下的诗人进入人们的视野已经很久。虽然这批诗人"正处在日新月异的成长期，是正在进行时态的……绝大多数随时都处在变动、调整之中"[2]，但他们为时不短的诗歌写作（他们中部分诗人的写作始于1990年代初甚至更早）已经显出了某些值得关注的趋向。

（1） 将"70后"指认为流派的说法，可参见黄礼孩为《70后诗集》（两卷本，海风出版社2004年版）所写的序言《70后：一个年轻的诗歌流派》。

（2） 敬文东：《"没有终点的旅行"》，《被委以重任的方言》，第201页，中国人民大学出版社2003年版。

一方面，受前代诗人写作的滋养，"70后"诗人承续了前代诗人探索诗歌语言可能性的热忱。另一方面，如何从前代诗人的"影响的焦虑"中走出，则更为"70后"诗人所看重，于是"偏移"成为他们写作的美学基石："从一开始大家都在明里暗里关注着自身与他人在精神境遇、文本记忆和写作趣味等方面的诸多差别，有所不同的是，他们相信这些差别只有在诗歌写作的艰苦掘进和对当代诗歌内在线索的反复辨析中才能被贯彻为一种'偏移'"；在他们的写作里，"任何一种写作策略都没有被绝对化，他们的写作始终是阶段性的，每一时期的写作都力图刷新以往诗艺内存，构成对既定写作成规的接续和'偏移'……'偏移'的立场，即是不断重设与自身及他人之间的'修正比'"。[1]此外，"70后"诗人在文本上也已初步形成了自己的特点。

那么，如何看待"70后"诗人在中国当代特别是1980年代以来的诗歌中的位置？如何确认他们的写作在诗学、文本上的价值？这里，或许可从长诗入手进行一番探讨；既然长诗"更能完整地揭示诗自成一个世界

（1）　姜涛：《偏移：一种实践的诗学》，《北京文学（精彩阅读）》1998年第1期。

的独立本性，更能充分地发挥诗歌语言的种种可能，更能综合地体现诗歌写作作为一种创造性精神劳动所具有的难度和价值"[1]。虽然"70后"诗人人数众多、风格各异，虽然他们中不少人如黄礼孩、冷霜、泉子、刘春、宋尾等以短诗写作见长，但由长诗入手进行考察，确实可从多个重要方面了解这一诗人群体的写作面貌、成就和走向，并领悟中国当代诗歌代际更替与层次分布的特征。

在中国新诗历史上，一直不乏长诗写作的积极参与者。不过在台湾诗人痖弦看来，早期新诗中的长诗不甚成功，而究其原因就在于，诗人们"仅仅理解到长诗的量的扩张，而没有理解到长诗的质的探索，误以为长诗只是在叙述一个事件的发展，而忽略了长诗精神层面的表达，也就是他们未能注意诗质的把握"；他进一步认为，"一首现代的长诗，与其说是记录事件，毋宁说是记录人

---

(1) 唐晓渡：《编选者序：从死亡的方向看》，见"当代诗歌潮流回顾·写作艺术借鉴丛书"《与死亡对称——长诗、组诗卷》，北京师范大学出版社1993年版。"70后"诗人梦亦非对长诗的意义也有相似表述："长诗是强旺的生命力、敏锐的洞察力、巨大的创造力所凝集而成的结晶"，"它可以全面地表现诗人的才华高低、技艺的生熟、胸襟的大小、情感的浓淡、境界的深浅、经验的多少"。见梦亦非《艾丽丝漫游70后：返真的一代》。

性的历史和现代人心灵遨游的历程"。[1] 尽管痖弦所述并不符合新诗历史的实际情形，但也触及了长诗的某些实质性要件。正如诗人骆一禾所言："长诗于人间并不亲切，却是／精神所有、命运所占据"（《光明》）。诗评家唐晓渡则指出，"长诗是诗人不会轻易动用的体式……一旦诗人决定诉诸长诗，就立即表明了某种严重性"[2]，他所说的"严重性"主要是指潜隐在一首诗的发生与完成之中的深刻动机。

1980 年代是长诗写作较兴盛的时期，出现了至少四股引人注目的长诗写作潮流。其一，朦胧诗人群中的杨炼、江河等，及其后继者"整体主义"（宋炜、宋渠等）、"新传统主义"的现代史诗。其二，"第三代诗"中具有实验色彩的长诗写作，如周伦佑的《自由方块》等。其三，女性诗歌中的长诗写作，代表性作品有翟永明的《女人》、伊蕾的《独身女人的卧室》、唐亚平的《黑色沙漠》等。其四，骆一禾、海子等颇显理想主义色彩的长诗主张和实践，譬如海子声称："我的诗歌理想是在中

（1）　痖弦：《现代诗的省思》，《中国新诗研究》，第 19 页，洪范书店 1981 年版。

（2）　唐晓渡：《编选者序：从死亡的方向看》，见"当代诗歌潮流回顾·写作艺术借鉴丛书"《与死亡对称——长诗、组诗卷》，北京师范大学出版社 1993 年版。

国成就一种伟大的集体的诗。……我只想融合中国的行动成就一种民族和人类结合、诗歌和真理合一的大诗"，"我写长诗总是迫不得已，出于某种巨大的元素对我的召唤，也是因为我有太多的话要说，这些元素和伟大材料的东西总会涨破我的诗歌外壳"；[1] 其突出成果包括骆一禾的《世界的血》、海子的《土地》等。1990年代以后，长诗写作的取向受时代气候和整个诗歌风尚的影响而发生了很大变化，此际从事长诗写作的以转型后的"第三代"诗人和一批1960年代出生的诗人为主，对历史、现实元素的重视和力求"最大限度地包容日常生活经验"（张曙光语）成为1990年代长诗的基本特征，这为当代长诗写作注入了某些新的质素；重要作品有王小妮《会见一个没有了眼睛的歌手》、张曙光《小丑的花格外衣》、于坚《〇档案》、萧开愚《向杜甫致敬》、王家新《回答》、西川《鹰的话语》、钟鸣《中国杂技：硬椅子》、孙文波《祖国之书，或其他》、陈东东《喜剧》、张枣《跟茨维塔伊娃的对话》、臧棣《新鲜的荆棘》、西渡《一个钟表匠人的记忆》、莫非《词与物》、潞潞《无

---

[1] 海子：《诗学：一份提纲》，《海子诗全编》，第889页以下，上海三联书店1997年版。

题》、朱朱《清河县》、庞培《少女像》、宇龙《机场十四行》、刘洁岷《桥》、哑石《青城诗章》、周瓒《黑暗中的舞者》等。

在很大程度上，1980年代包括现代史诗、"非非主义"实验、海子"大诗"理想在内的长诗写作，大抵属于向极限冲刺的写作；无论杨炼的"高原如猛虎，焚烧于激流暴跳的万物的海滨"（《诺日朗》）表现出的强悍，还是周伦佑的果决的"拒绝之盐"（《自由方块》），抑或海子的皇皇《太阳·七部书》，在语词与意识的强度、密度方面无不追求极致，这与那个激情主义的时代氛围是相应和的。而1990年代的长诗写作者逐渐改变了策略，某种高蹈的姿态性写作被一种平易、舒缓的书写所替代，引发争议的"叙事"因素的渗入使此际的长诗在节奏、体式等方面趋于松弛，诗歌与时代的紧张关系也变得隐蔽。显然，在此背景下成长起来的"70后"诗人，其长诗写作必须另辟蹊径，但也不全然是另起炉灶。

二

作为经受了1980年代理想主义余韵熏染、1990年代商业化浪潮洗礼的一代人，"70后"诗人在精神气质上无法不同时打上两个时代的烙印。因此，他们的长诗写作在文本上可以说兼有冲击极限的痕迹（如蒋浩的几部颇具宗教感的组诗、梦亦非的基于地域文化建构起来的巨型史诗）和在平缓中追求精细的趋势（如姜涛、韩博、孙磊、阎逸等的长诗写作）；同时，在此基础上他们开始探求能标识自己一代的诗学特征。总的来说，"70后"诗人的长诗写作首先从诗艺与精神两方面寻求拓展，并已形成了可予把握的趋向。

一方面，"70后"长诗写作专注于诗歌语言、技艺的持续探索与提升。

比如，既有良好的诗评才能又有敏锐的诗写感觉、虽身在学院但突破学院化写作的姜涛，在其较早的写作阶段就写出了《厢白营》《毕业歌》《京津高速公路上的陈述与转述》等长诗。他的诗歌掺杂了繁复的巴洛克和明晰的写实风格，能够将抽象的譬喻与细微的暗讽糅合在一起：

八月已经过去，更换的稿纸上

依旧是渺无人迹的热带

精确的描写带来幻觉

无边的现实有了边缘

那曾经在笔尖下渗出的院落

而今，是否已租给了别人

——《秋天日记——仿路易斯·麦克尼斯》

在语词语义的转移上常常给人惊异之感。

另一位出道甚早的诗人韩博一开始写诗就显出令人侧目的技艺上的成熟，他写于1990年代初的短诗《植物赝品》《永远离去》《太阳穿过树间》等，即便在今天读来也不失新鲜之气息。他的诗歌富于奇异的寓言性，曲折、变幻的语词间蕴含着精确的细节，其长诗尤其如此："拉着一只液态的手，游荡。／海水不知道我也是海水／……我从一个自己／游荡向另一个，我拉着／自己的手。我没有忘记液态的路／绕过暗礁，从上海，去内蒙古"（《未成年人禁止入内》）；他的长诗《献给猫的挽歌》在戏谑的口吻中渗透着不易察觉的忧悒与悲悯，语调流畅自如而充满克制。他的同窗马骅也写出了《秋兴八首》《迈克的雾月十八》等变换着技法、跨度较大的长诗。

同样值得留意的是阎逸的长诗写作，他早在1997年就完成了长诗《秋天：镜中的谈话或开场白》，其娴熟地将机智的内在思辨与从容的独白语式结合起来的技法，并不逊于前代诗人欧阳江河的同类长诗《咖啡馆》《关于市场经济的虚构笔记》等。他的长诗《猫眼睛里的时辰》深得现代诗的变形之法，错落绵密的语词之流中映照着世界万物的光线与阴影："对于一颗苍蝇脑袋，用显微镜／显示其中隐藏的、米诺托的／迷宫（门：七十二扇。／台阶：三十九级。岔路口：／无数个。）比思考它／如何成型更为重要……如果／灵魂是小孩子，那么黑暗呢／顺着绳子滑过来的风呢"。王炜在他的诗歌中也尝试着技艺的更新，他的长诗《普陀山》呈现了这样一幅情景：在深入风景的途中交织着对诗艺本身的沉思——"一首诗写完，一个句子远去，留下来的身体将更空虚"，"在我与一首诗无法测量的距离之间，句子的／进行在不断叛变它的结局"；他善于把哲学元素渗入写作的过程之中，其长诗《中亚的格列佛》出于情境营造的需要而采用了"对话体"，其行文虽然稍显生硬，但这种寻求突破所付出的努力是可贵的。沈木槿的包括六首短诗的组诗《多棱玻璃球的游戏》（《与一棵树的距离》《阶石》《进入》《攀登》《离开》《越界》）有着冷峭的笔锋，就仿佛一粒多棱玻璃球展现了诗艺的多面性。

不可否认，很多"70后"诗人在探索诗艺过程中表现出相当浓重的游戏色彩，但也有另一些诗人能够穿透游戏的表面，发掘诗艺的真谛。女诗人燕窝的《三部诗经》（《恋爱中的诗经》《时光河流中的诗经》《最后一部诗经》）及带着网络时代印迹的长诗《爱情就像一条狗》《十封情书》《非非日记》《鼠疫》《欢乐颂》《吃鱼记》等，或轻逸地调用古典资源，或从嬉戏的言辞片断中提取这个时代特有的主题，显示了自如的语言驾驭能力。强调写作的"即兴"性、诗歌实现了"彻底的审美上的松弛"（臧棣语）的王敖，重视语词间相互推衍的力量，其长诗《鼹鼠日记》带有明显的"童话"语调和情境："对面走来的好人，我给他／这腼腆的骷髅，戴上红领带，我说／我们要找的宝藏，就在他的脑袋里"，力图体现语词自身及语词间关系的原初、直接、新鲜的感觉。

另一方面，"70后"在长诗写作中致力于神性价值与超验之维的探寻和建构。这一取向，在蒋浩、孙磊、梦亦非等的长诗中格外突出。

蒋浩有一阵似乎迷恋长诗写作，自1990年代中期起陆续写出的长诗《罪中之书》《纪念》《说》等，渗透着强烈的宗教意识和形而上之思。随后的《一座城市的虚构之旅》《说吧，成都》等长诗，增加了些许现实的景象；及至后来的断片式长诗《诗》，则从对自然的冥思中抽绎出了"诗"的超验之维。他早年的诗歌擅用长句，能够于驳杂的铺叙中保持古典的整饬："我们曾从同一条街上不断往回走 / '有时看见穹庐和拱顶'，才突然发现 / 自身的不完整，以至于 / 那'双重幻象'的出现 /"（《陷落》）；近年来在遣词造句上趋于古雅，却也免不了偏枯与干涩。

孙磊在1990年代初写作伊始就似乎显出不凡的志趣，短诗《那光必使你抬头》中的"那光"、《那人是一团漆黑》中的"漆黑"，为他的诗歌标划了一个特定的题旨：对光芒的赞颂。与此同期完成的长诗《演奏》强化了这一题旨，其起句有如绷紧的弓弦：

深夜遇到光芒，一下子我感到众多的星辰里
我不是一个生人。但该怎样应付那些经过我的人
那些在我体内将我踩响的人，纯正、细腻、睿智。

至1990年代末，他先后完成了《演奏》《朗诵》《旅行》《准备》《剥夺》等长诗。他的诗歌十分注重诗思的动作性（从那些长诗的标题即可看出）与语词的节奏，在题旨上表现出对超验的尊崇，具有俄罗斯文学的凛冽的底

色；他后来的长诗《处境》《脆弱，我顺从》等，逐渐转入对日常事物的审视。

与孙磊志趣相似的"70后"诗人还有远人、刘泽球、宇向等。远人的长诗《微暗的火》使用第二人称，全篇充满了"祷告"般的絮语："你就在那里居住，／像一粒种子，／坚硬，有着／清凉的棱角。／时间的粉末，／掩住你的手，／一起一落的手"。刘泽球的《汹涌的广场》《桐梓坝》等长诗虽然隐约折射着现实的场景与指向，但其最终面对的是关乎生存与信仰的焦灼："即使知觉精确的仪器／也无法从溶化进虚无的渊薮中／提炼任何微小的质料／或许 存在始终不被感知／而实存之物／既不是期望中的钥匙／也不通往未被洞察的另一方向"（《桐梓坝》）。宇向的长诗《给今夜写诗的人》极具爆发力，"给"的句式（也是姿势）贯穿其中，在虚拟的对话中展示了一种心智的博弈。

这里值得一提的是梦亦非的"史诗"写作，他的几部长诗《苍凉归途》《空：时间与神》《素颜歌》《咏怀诗》等都有着宏富的篇幅，在立意、构架、炼句等方面下力很深。比如《空：时间与神》这部包括十二个诗组（即十二章，每章又包括十二首诗）的长诗，试图用"时间"和"神"来诠释"空"的理念，其间穿插了多条或隐或显的与地域文化相关的神话线索，并涉及《圣经》《奥义书》《老子》《列子》《金刚经》《诗经》等古代典籍；这样的安排使全诗在哲理、叙事与抒情的多重张力中生成意蕴。不过，这部长诗得以成形的重要根基之一，则是"都柳江流域这块狭小的水族文化繁衍的神巫之地"，占据这片神奇土地的主要是一种水族文化，兼有苗、布依等文化的融会，而这一地域上的语言即水语，"是一种诗化的语言，其命名的直接性、巫性，其词序与汉语的区别性，带来原生的陌生化"。基于此衍生的诗歌难免与这种文化和语言建立一种同构关系："水族文化，即巫文化，而诗歌亦是一种巫术的遗迹，一种很难再发生效力的巫术记录、语言巫术，但依然保留着巫术的语言外形。"[1]从地域文化出发进行长诗写作，也许有其难以避免的局限性，这是需要详加辨析的议题。类似的作品或可举出李郁葱的组诗《地名：南方偏东》等。

三

1990年代以降，中国诗歌备受指责的原因之一据

---

[1]　梦亦非：《地域文化·写作资源·史诗》，《苍凉归途·评论卷》，第139页以下，花城出版社2010年版。

说是远离现实。事实上，细心的人们不难发现，"在90年代的汉语诗歌中，'介入性'因素及其强度都在不断地增加"。[1]在那些突出"介入性"因素的诗作里，"现实"及"诗与现实"的"关系"得到了新的诠释："先锋诗一直在'疏离'那种既在、了然、自明的'现实'，这不是什么秘密；某种程度上尚属秘密的是它所'追寻'的现实。进入90年代以来，先锋诗在这方面最重要的动向，就是致力强化文本现实与文本外或'泛文本'意义上的现实的相互指涉性"[2]。那些先锋诗"所指涉的现实是文本意义上的现实，也就是说，不是事态的自然进程，而是写作者所理解的现实，包含了知识、激情、经验、观察和想象"[3]。

秉承这一诗学路向，"70后"诗人也写出了体悟现实的"介入性"诗作，像前述的姜涛、韩博、阎逸、蒋浩等诗人，其诗歌写作的重心看似放在诗艺的推进上，实则他们的不少作品以隐喻的笔法切入当下的现实生

（1） 张闳：《介入的诗歌》，《声音的诗学》，第140页，中国人民大学出版社2003年版。
（2） 唐晓渡：《90年代先锋诗的几个问题》，《山花》1998年第8期。
（3） 欧阳江河：《'89后国内诗歌写作：本土气质、中年特征与知识分子身份》，《谁去谁留》，第247页，湖南文艺出版社1997年版。

活。如诗人西渡就将韩博的长诗《未成年人禁止入内》视为"'当代评论'的代表作",认为该诗的"好处在于诗人对于现实的变形处理,因而增加了对现实的概括力和针对性,不仅让我们看到现实和诗人对现实的态度,而且让我们看到了诗的艺术"。[1]这无疑是一种稳健的现实观和成熟的诗艺的结合。

对世俗生活的关注,成为这一代诗人写作中无可回避的主题。相较于每一时期都有诗歌采取过于直接的态度处理社会现实,朵渔的诗歌对现实的关切十分巧妙(尽管笔者对他那首得到广泛赞誉的"地震诗"持保留意见),他的短诗给人印象深刻,如《七里海》只有短短五行,但颇显力度:"当狮子抖动全身的月光,漫步在 / 黄叶枯草间,我的泪流下来。并不是感动, / 而是一种深深的惊恐 / 来自那个高度,那辉煌的色彩,忧郁的眼神 / 和孤傲的心"。他的诗歌注重对细小事物的描写,某种"虚弱"语气为其偏于口语的写作加入了朴质的元素;这一点也体现在他新近发表的长诗《高启武传》之中。这部长诗试图以个人的微观历史呈现乃至穿

(1) 西渡:《普罗透斯,或骰子的六面——读〈汉花园青年诗丛札记〉》,《新诗评论》2008年第2辑。

越时代的宏大历史，此一方式（或手法），在其他"70后"诗人的长诗如凌越《虚妄的传记》、张永伟《雪：为村后的小山哀悼》《再悼村后的小山》、赵卫峰《断章：九十年代》、木朵《名优之死》、江非《一只蚂蚁上路了》等中可以见到。

吕约的长诗《四个婚礼三个葬礼》同样展现了一个时代的悲喜剧，却有意将当下与过往、爱与死、灵与肉、冥想与忧患嫁接在一起；因而视野更加开阔，也更有力度，堪称破碎世界的挽歌："身体微微离地／在风的脚下卷来卷去／一闭上眼睛就看见自己／街头／泡沫码头／灌木丛　工地／剧院　雕像的阴影下／风口／到处站立／同一时刻出现在两个方向"。她还在其文论中对"破碎世界中的完全诗歌"进行了有力思考，提出了"诗歌以语调重建精神秩序"、"'我们'对'我'的限制与补充"、"'惊奇'通往世界的无限性和多样性"等命题。[1] 另一位出生"南方"（吕约的《四个婚礼三个葬礼》有一节涉及此题）的"70后"诗人王艾，在长诗《南方》中以凝练的笔力，扫描了时代洪流裹挟下"南

（1）　吕约：《破碎世界中的完全诗歌》，《破坏仪式的女人》，第245页以下，天津社会科学院出版社2009年版。

方"的精神与物质发生变迁的历程，他眼里的"南方"幻化为一个香消玉殒的女子，曾经的优雅气质在历史的滚滚红尘中已经荡然无存：

多年前我触摸星辰，

透过她粉色牙床构成的时间地平线，

看到记忆的稀释剂，

向那巨大黄昏的怀抱中推出。

多年前它穿过我的骨骼，

留下一排牙印、一绺青丝、一颗皮肤上的黑痣，

但灵魂盛装，精神假面，

在一列三流时代开去的列车上飞舞。

这部长诗包含了丰沛的诗情，堪与"南方"相称的华美语词、张弛有度的句式显得摇曳多姿，实乃"70后"长诗中不可多得之作。

王艾的《南方》隐含着不难辨察的反省意识，这种反省意识在另一些"70后"诗人的长诗中则演化为一种激烈地批判；像冯永锋（站在环保主义立场）的《非分之想》、谢湘南（作为媒体工作者）的《过敏史》、魔头

贝贝（做过多种职业）的《起诉书》等，对现实的观照与书写中充满了尖利的控诉色彩。相比之下，宋烈毅的《下午时光》《变化》、黄金明的《洞穴》等长诗，更愿意将目光投向那些日常的景致，洞察世俗生活中的卑微力量，语势变得舒缓，语气也柔和了许多："一只黄鼠狼在和他对视／这一瞬间／照亮他们／／阴暗的时刻来临／一些东西转瞬即逝／只能坐在房间里回忆"（宋烈毅《下午时光》）。这是"介入"现实的另一种路径。

不管怎样，撇开那些过于急切地对现实的表达，对现实的关注和有效"介入"，不仅为"70后"长诗写作增添了厚重感，同时也使长诗作为一种文体在现时代获得了一定的意义依据。这意味着，通过长诗写作，"70后"诗人能够在加速度的时代列车旁放慢步伐、驻足观视，保持一份从容的心境应对纷乱与喧嚣。多年以前，"70后"安石榴曾坦然自陈："70年代出生诗人的群体意义和创作本身尚缺乏理论的阐释和支撑，并没有完成写作的自我阐述和整体阐述。"（《七十年代：诗人身份的隐退和诗歌的出场》）迄今为止这一"阐述"仍然未能完成。毋庸讳言，当前中国诗歌处于较为普遍的涣散、乏力的状态，已经或即将步入不惑之年的"70后"诗人面临着精神与诗艺的双重转型。他们能否成为未来诗歌的中坚？能否摧毁一种腐朽的代际等级制和有关"进步"的意识形态幻象，而将诗歌写作带入一种宽阔之境？以上谈及的部分长诗，或许让人有理由拭目以待。

"同质"背景下对"异质"的探求

——为"70后"学人论坛而作

关于"70后"学人的自我反思，是一个很有意思的议题。作为"70后"学人的一员，我虽然自感谈不上有什么成就、远未到进行学术总结的时候，但当同仁和朋友们提出这一议题时，我是乐于参与其中的，并视之为一次学术途中小憩、自我审视和调整的机会。

的确，我们这一代学人有着相似的成长经历，也完成了大同小异的步入学术研究之路的过程（我本人是上世纪80年代末进入大学、上世纪末获得博士学位的），其间所包含的"同质"性、特别是我们身处的学院体制的利与弊，值得从学理层面予以检讨。另一方面，尽管"70后"学人与此前的"60后"学人、此后的"80后"学人，在生活境遇、发展道路、学术志趣等方面或有较大不同，但从"长时段"来说，这几个"代际"的学人又分享着相近的文化、思想资源，同时（曾经并仍然）面临着共同的生存与学术困境。如何从这种更为根本的"同质"中，找到属于我们这一代、进而是每位"70后"学人的学术个性，在我看来更应成为"70后"学人自我反思这一议题的主旨。

倘若从上世纪90年代中期读研究生、懵懵懂懂地撞进学术殿堂算起，我从事学术研究有近二十年时间了。现在想起来，当初选择冯至作为硕士学位论文的选题，虽说带有很大的率性的成分，却也是渊源有自——与我中学阶段作为诗歌痴迷者的创作与阅读积累密切相关，且在相当程度上预示了我今后学术研究的旨趣和方向。我中学里读到的第一部新诗集是同桌从省城带回的一本薄薄的小册子《朦胧诗精选》（华中师范大学出版社1986年版），该书中北岛的诗句："当水洼里破碎的夜晚／摇着一片新叶／像摇着自己的孩子睡去"（《雨夜》），"到处都是残垣断壁／路，怎么从脚下延伸／滑进瞳孔里的一盏盏路灯／滚出来，并不是晨星"（《红帆船》），令我不禁大吃一惊，我反复琢磨着这些句子，很快将这两首诗记诵烂熟于心。其实，我读到那本《朦胧诗精选》的1987—1988年之际，朦胧诗的风头早已过去，当时诗界掀起了一股更为汹涌的"第三代"诗浪潮，各地诗歌流派大展正如火如荼地进行，那个年代的激情氛围催生了无数诗歌爱好者，我和几位同学也受到感染，成立诗社并办了一份刊物（只能是手工油印的），传阅、交流、争论、朗诵……陪我们度过了紧张的学习时光。当然，那时的我们对于诗潮的更迭、变迁知之甚少，也没有兴趣系统地了解那些诗潮的风云变幻，对朦胧诗的历史背景和一些作品的内涵无力深入探究，只是在一种感性的欣赏中接受着潜移默化。随后，我接触了海子、骆一禾的诗歌，抄录并背诵过骆一禾的《大黄昏》（结尾的"那些／洁白坚硬的河流上／飘洒着绿色的五月"给我无穷的遐想）、《祖国》等；后来集中阅读的是昌耀，他的《河床》《冰河期》《斯人》《紫金冠》被我常常诵读，而他作为"口吃者"（敬文东语）的形象在我脑海里挥之不去。或许正是早年的那些阅读，极大影响了我的投身新诗研究及研究趣味与方式：对纯正、典雅诗风的偏好，对内敛的精神诗学的倾心，对诗歌语言、形式的敏感，对感受性的看重。

我对现代诗歌的阅读在进入研究生阶段后变得系统化，当我读到尘封几十年后陆续出版的"九叶派"诗人的作品时，所受到的震动是可以想见的。我的导师苏光文教授是"大后方文学"研究的卓有成就的学者，并不专门研究诗歌，但他很支持我的毕业论文做诗歌研究（我至今感激并怀念他的宽宏）。由于我觉得自己难以驾驭像"九叶派"这样大的题目，于是就选了一个单个诗人——这个诗群的师辈冯至作为研究对象。不过，最终我的硕士学位论文也没有对冯至进行全面研究，只是分析了他写于上世纪40年代的《十四行集》；当时论文用了一个十分夸张的标题，其中有"存在之思"、"非永恒性"之类字眼，某些段落也过于"诗化"，比如在写冯至酝酿《十四行集》的情景时完全是一种文学性的描述："1941年初的一个下午，在西南中国偏远的一隅，冯至感到崭新的诗的时代正在临近，他走在那窄小的乡村小路上陷入了沉思。"

必须承认，我关于冯至《十四行集》的论文及随后对鲁迅、郑敏等的论述，在主题意趣、思维方式乃至行文风格等方面，都受到了上世纪80年代文学、理论风尚（基于审美主义、本体论和自律性观念）之余绪的感染。其间交织着流行一时的英美新批评（赵毅衡译介）、符号学、俄国形式主义、语言学诗学、现代主义、存在主义等理论的熏陶，还有刘小枫的《诗化哲学》、冯至所推崇的里尔克诗歌，以及海德格尔的哲学及其阐释过的荷尔德林诗学。各种阅读后留下的印迹混合在一起，在相当长时间里左右了我研究的思路、取向以及文字感觉，贯穿于其中的一条内在线索则是对诗歌文本作语言、形式分析的偏爱。

因此，一直到师从叶子铭、朱寿桐二位先生攻读博士学位的那几年，我的研究兴趣主要集中在新诗语言方面，并写出了一系列相关论文。以此为基础，临到确定博士论文选题时，我借用巴赫金、福柯等的"话语"（Discourse）理论，提出了"新诗话语"的概念，欲以之对新诗的某些现象和问题做出解释。所谓"新诗话语"，就是将新诗的本体和历史看作一种"话语"，其中包含两个最基本的要素——语言和语境。我认为，新诗的生成和发展极大地受制于语言、语境等多种因素的相互作用，研究"新诗话语"即探讨：处于现代性境遇中的中国诗人，如何运用给定的语言（现代汉语）和言说空间，将自身的现代经验付诸现代表达。换言之，现代汉语如何被诗人们用来将自己的经验转化为诗歌？语言和经验如何在诗人们的倾力熔铸下而获具现代的诗形？更具体地说就是，在整个20世纪中国新诗进程中，诗人们是如何看待、处理现代汉语的？如何以各自的创作实践探入了现代汉语与诗歌的复杂关系？借用"话语"概念探讨新诗的历史和现象，意在将问题意识伸进一种鲁迅式的关于汉语表达和书写的现代性困境："当我沉默着的时候，我觉得充实；我将开口，同时感到空虚。"我的设想得到了两位先生的认可和支持。惭愧的是，我以"新诗话语研究"为题的毕业论文虽然按时完稿并顺利通过答辩，但囿于本人才情和气力，论文只是部分地实现了自己最初的构想，而留下了颇多有待扩展和深化之处。承蒙洪子诚先生的厚意，论文经过算不上充分的修改后，有幸被纳入他主持的一套丛书得以出版。

在探究"新诗话语"之初我就提醒自己，不必对几乎已成常识的"话语"概念本身进行复述或重新厘定，而应该由此提炼出新诗史上一些有价值的议题。不过，反观自己前几年所进行的新诗话语研究，着眼点仍然主要在语言层面。能否将关于新诗语言的研究导向深入？我想到了格律这一并不新鲜却尚未得到充分讨论的议题。实际上，新诗格律紧密勾联着语言（现代汉语）的特性，理解现代汉语的特性与辨析新诗格律的实质互为前提：一方面，现代汉语的某些特性在很大程度上规约着新诗格律的建立；另一方面，新诗格律的生成与演化的规律又增进了对不断丰富发展的现代汉语特性的认识。二者之间一个最显要的关联是，由于现代汉语的种种限制，新诗的格律大概只能趋向于内敛即"内在化"。我以上述观点为基本论证思路申请的国家社科基金项目"20世纪新诗格律问题研究"意外获得批准，这促使我在其后较长一段时间里，花费了较多气力专注于对以格律为切入点的新诗语言、形式的重新探讨。这些兼具宏观和个案的探讨深化了我的新诗语言研究，将我的研究带入新诗语言更加细微的层面——词汇、句法、节奏、语调等。我研究新诗格律的结论是：新诗也许永远无法获得像古典诗律那样"固定"的格律，却始终要保持现代意识烛照下的对形式的追求。

十年前（2004年），我在《中国现代文学研究丛刊》上发表的题为《可能的拓展——以新诗研究为例》的短文中，曾提出"从新诗自身伸发、扩展开去，将新诗历史与存在方式置放到纷繁的关系网络中辨析其面貌和特征"。这涉及"新诗话语"另一与语言紧密联系的因素——语境。我意识到，尽管从语言出发进入"新诗话语"探究体现了一种本体的自觉，但以此进行的语音、词汇、结构等相关分析，很容易将新诗话语研究沦为单一的技巧分析。诚如解志熙先生在点评我获唐弢青年文学研究奖的论文《现代汉语的诗性空间——论20世纪新诗语言问题》时指出的："或许新诗的语言问题是一个不可能单在'诗的语言'范围来论说的问题"（文见《中国现代文学研究丛刊》2003年第3期）。上世纪90年代以后中国社会文化日趋纷繁复杂的现实，也越发彰显了单纯的语言研究的内在限度。于是，我在研究新诗语言的同时着力从历史语境的角度去考察新诗，并提炼出相关论题。强调语境的重要性意味着，"新诗话语"无论作为一种漫长的历史过程还是具体的单个文本，其意义的理解和生成都必须被置于多重的语境中。——不仅是话语内部的上下文，而且是包括政治、经济、宗教、科学、文化、出版、教育、传播（接受）在内的外部环境以及文学体制（如社团、流派、论争、理论倡议），且体现这些场域（及其交错关系）对"新诗话语"施加的或隐或显、或深或浅、直接或间接的影响；进而言之，应留意语境的参与如何强化现代汉语对新诗的制约（即语言自身的局限性因语境的介入而最终得以显现），如何与后者共同造成了新诗的双重困境。在研究过程中，我借鉴了布尔迪厄的"场域"理论、经福柯阐发的尼采的"谱系学"和柄谷行人的"起源"研究等，试图呈现语境及其作用于新诗的复杂性。

由于这些年我的研究偏重于新诗语言，而有关新诗语境的研究尚未充分展开，因而后者将成为我今后新诗研究的重点之一。另一研究重点，就是针对新诗研究本身或新诗研究方法进行探讨，以寻求新诗研究的多方位拓展。可以看到，在现有的学科格局中，新诗研究有其特殊的位置，多年来，新诗研究总是在相对封闭的框架中，在经过一轮轮充满悖论、冲突的颠覆与重建之后，实现着自身美学趋向的更迭和问题疆域的转变：除了古今中西之类的宏观命题外，内与外之别、自律与他律的分歧、个体与集体的龃龉、审美与政治的纠缠等，便是集结于长期以来新诗研究的挥之不去的议题（譬如，"新诗话语"包含的语言、语境两方面，就分别指向了新诗研究的所谓内部研究和外部研究），每隔一段时间，这些议题的变种就会以不同的面目膨胀出来，激起或大或小的徒劳无益的论争。

概而言之，新诗研究始终面临着两个基本难题：一是如何调协所谓谨严的学院化的历史研究与活泼的当下（跟踪式）批评之间的关系；一是在保持对各种诗歌现象和问题的历史感的同时，又显出对时下变幻的创作实践的持续敏感。这其实是同一问题的两个方面，已成为新诗研究遭到诟病的根由——僵化、空疏、滞后，是人们常常用来指责新诗研究的一些标签。诚然，目前的新诗研究有诸多不尽如人意之处，这可从两方面予以检讨：一方面是新诗研究（者）本身的缺陷，由于研究者丧失了钻研的耐心，或缺乏重新提问的能力，导致粗制滥造、重复无效的成果层出不穷；另一方面是新诗研究与外部环境的错位，很多研究者也许并未意识到，随着历史语境的变换，某一时期确立的研究观念和范式，在新的条件下会逐渐失去效力——社会文化语境的迁移，迫使人们对诗歌发言的方式发生改变。

我以为，新诗研究的当务之急是对其本身进行重新认识与定位，消除新诗研究所遭受的误解。比如，一些人以为，研究或批评就是发表意见，说好与坏、答是与否。其实，研究和批评的内涵与具体实践要复杂得多。李长之七十年前的一番话说得好："批评是一门专门之学，它需要各种辅助的知识，它有它特有的课题。如果不承认这种学术性，以为'入门'，'讲话'的智识已足，再时时刻刻拿文学以外的标语口号来作为尺度硬填硬量的话，文学批评也不会产生。"[1] 显然，人们所期待的新诗研究中可能具有的洞见，不是从义正词严的表态、

（1）　李长之：《产生批评文学的条件》，《李长之批评文集》，第377页，珠海出版社1998年版。

理直气壮的宣讲和信口开河的说辞中产生的。新诗研究是对新诗历史、文本的细致入微的体察与发现，需要学识、修养、判断力、趣味的综合。而新诗研究的目的，不是为了某个具体问题的"一次性"解决而存在，而是为了呈现和重新梳理问题，使之得到清晰的彰显。真正的新诗研究或批评同样是一种独具匠心的创造，要经历一次如桑塔格所说的"智力自我表达的过程"。

在当下，新诗研究同诗歌创作一样，面临着某种更为艰难、错杂的处境；那些整齐划一的对于诗歌的指令被撤除了，许多流行一时的规则失效了，有关诗歌的认识也变得波动不宁。诗歌被纳入了一个更加阔大的关联域之中，早已不仅仅是诗体、形式等内部问题，而在一定程度上变成了与时代生活、个人遭际等因素的多方位的摩擦。在如此情境中，新诗研究应该如何调整方式、保持有效性和活力呢？

值得注意的是，近年来一些新诗研究者开始了重新清理的工作，如重返历史现场、重缕理论概念、重拾文本分析、重提本体研究，等等。不过，重返历史现场，不是要还原一个静态的所谓客观的过去场景，而是寻索可能被忽略的历史细节；重缕理论概念，不是简单地弄清某个概念的来龙去脉，而是以"考古学"的态度、重新辨析概念生成的深层源头和概念与概念之间的错杂关联；重拾文本分析，不是止步于它的自律性和自足性，而是要留意历史氛围、制度策略、文化心理等"外部因素"，渗入新诗文本的复杂印迹及其对新诗文本样态与体式形成过程的塑造和影响；重返本体研究，不是重新回到某个局部或总体的本体观念，而是要重新找到本体研究得以生根的语境及二者的新的紧张关系。

后　记

这本小书的各个章节因各种机缘写于不同时期，同时融进了本人在不同场合下写的一些文字。原本无意于构建一种诗歌史，然禁不住友人的诱劝，将那些零碎的段落进行整合后，却也使之具备了诗歌史的面貌；似乎能够展示中国当代诗歌发展的某些线索，只不过是片断的"简史"：起于食指创作《这是四点零八分的北京》的1968年，止于新世纪"网络诗歌"兴起数年之后的2003年（惜乎本书对"网络诗歌"本身并未做细致讨论）。

如今，时过境迁，本人再无兴致也无勇气弄一部材料丰富、正经八百的中国当代诗歌史了，同时感到没有必要对本书中显得稚嫩的表述进行"完善"。之所以不揣谫陋让它面世，一则算是了却本人大约有过的朦胧的写史心愿，二则纪念那些艰苦而单纯、以读书写作为乐的时光。

感谢彭慧芝女士助力本书的问世。本书出版得到了北京市长城学者培养计划（编号：CIT&TCD2018 0309）和北京市宣传文化高层次人才项目（编号：2017 XCB 110）的资助，特此说明并致谢。

张桃洲

2018年初春，于定慧寺恩济里

（京）新登字083号

图书在版编目（CIP）数据

中国当代诗歌简史：1968-2003 / 张桃洲著 . -- 北京：中国青年出版社，2018.7

ISBN 978-7-5153-5201-5

Ⅰ . ①中… Ⅱ . ①张… Ⅲ . ①诗歌史 – 中国 – 1968-2003 Ⅳ . ①I207.209

中国版本图书馆CIP数据核字（2018）第137860号

中国当代诗歌简史（1968—2003）

张桃洲　著

责任编辑：彭慧芝

书籍设计：刘　伟

出版发行：中国青年出版社

社　　址：北京东四十二条21号

网　　址：www.cyp.com.cn

编辑中心：010-57350371

营销中心：010-57350370

印　　装：北京盛通印刷股份有限公司

经　　销：新华书店

规　　格：889×1194mm　1/32

印　　张：6.875

字　　数：150千

版　　次：2018年10月北京第1版

印　　次：2019年9月北京第2次印刷

定　　价：68.00元

如有印装质量问题，请凭购书发票与质检部联系调换，联系电话：010-57350337。